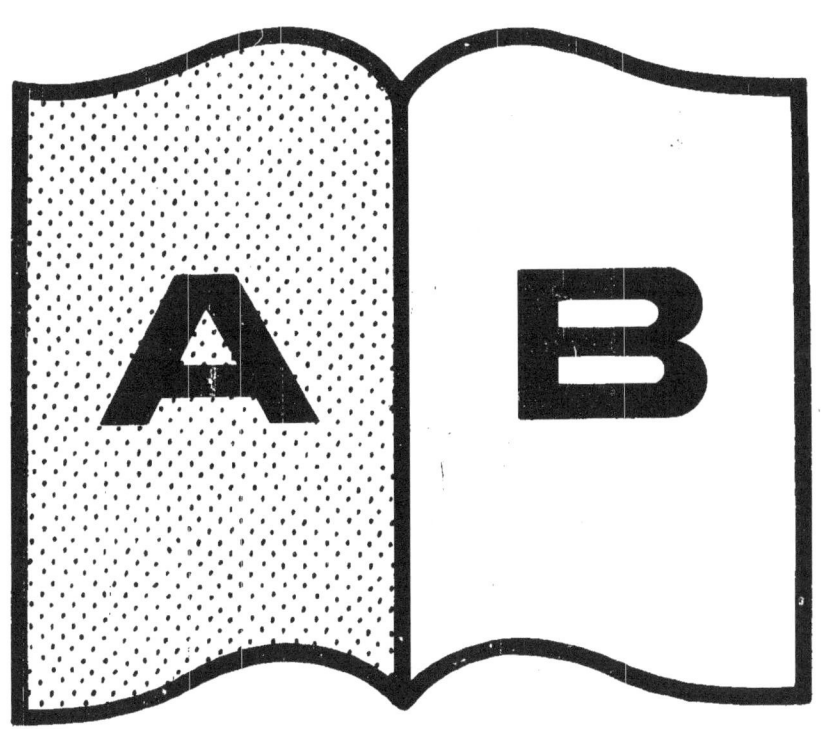

Contraste insuffisant

NF Z 43-120-14

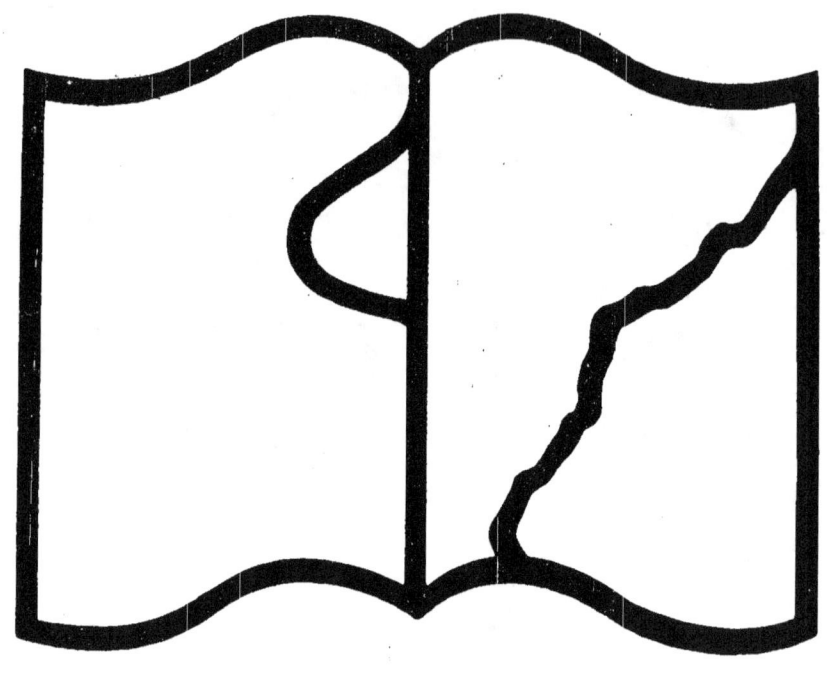

Texte détérioré — reliure défectueuse

NF Z 43-120-11

LA PASTORALE
DE LA
CONSTANCE
DE PHILIN ET
MARGOTON,

DEDIE'E A MONSEIGNEVR LE
COMTE DE SAVLT.

Par I. MILLET.

A GRENOBLE,

Par EDOÜARD RABAN, demeurant à la place
Sainct André, près la porte du Palais, à l'en-
seigne du Nauire.

M. DC. XXXV.
AVEC PERMISSION.

A MONSEIGNEVR,

MONSEIGNEVR

MESSIRE FRANCOIS
DE BONNE, DE CREQVY, COMTE
de Sault, Cheualier des Ordres du Roy, son Lieutenant General en Dauphiné, & premier Gentil-homme de la Chambre de sa Majesté.

ONSEIGNEVR,

      Ma Margoton a eu peine de se resoudre à pa-
roistre deuant Vous ; son langage grossier, ses
conceptions naïfues, & le lieu de sa naissance, l'ont mis
dans la retenuë fort long temps, & luy ont osté la hardiesse
de Vous faire voir ses aduentures. Mais, considerant que
la fidelité de son bien-aimé Philin vous donneroit (peut-
estre) plus de satisfaction que la naïfueté de ses discours,
elle a creu qu'en sa compagnie elle se pouuoit presenter à
Vous, estimant que ses passions amoureuses couuriroient
vne partie de ses defauts. Vous luy faire donc, s'il vous
plaist, la faueur de la mettre sous vostre protection, & à
moy de me qualifier,

MONSEIGNEVR,

          Vostre tres-humble & tres-obeïssant seruiteur.
               I. MILLET.

A MONDIT SEIGNEVR.

SONNET.

Cesteu Iardin n'ét pa vn Iardin de superba,
Mon esprit sen estudo (à fauta de chalou)
N'y at poi deiterra que quoque pore flou
Talle qu'v mey de Mar sont le pipe din l'herba.

Vo donq qui merita le Rose de Malerba,
Ne pourri pa souffri ceste flou sen sintou,
Ni la voey de ma Musa enruma de la tou,
Ni qu'vn gran de Millet vo set offert per gerba.

Gnat pa granda substanci en vn gran de Millet,
Qui (fauta de labou) se produt tout solet.

Pamoin puisque tout vin d'vn cour que je vo∫ ouuro,
(Inco que je n'ay ren du pere sen colet,
Ni du complimentou qui frequenton lo Louuro)
Vo prendri (si vo plaist) lo presen tau qu'vl ét.

ARGVMENT·

A RGOTON, jeune Bergere, fille de Diguo & de Giena, rencontrée vn jour dans les champs de Risset, lieu de sa naissance, où elle auoit mené paistre ses brebis par des Soldats qui s'estoient escartés des troupes qui passoient pour lors dans le Dauphiné, & desirans d'attenter à sa pudicité, fut secouruë inopinément par Philin jeune Berger, du lieu de Pariset. Ce secours inesperé & les merites de ce Berger, l'obligerent de recognoistre ce seruice, par les protestations qu'elle luy fit de l'aymer, & de luy conseruer sa pudicité, qu'il auoit retirée des mains de ces infames Soldats, les asseurances de leur amour ayans esté reciproques, ils continuerent de s'en donner des tesmoignages, tout autant de fois que la fortune leur en fournissoit les moyens, qu'ils ne manquoient pas d'inuenter pour se pouuoir diuertir parmy leurs passions amoureuses: comme ils jouyssoient sans trouble du contentement qu'vn veritable amour peut donner. Il arriua qu'en mesme temps vn autre Berger nommé Pierrot, deuint amoureux des beautés de Margoton, & vne Dame des lieux circonuoisins fut esprise des merites de Philin, Pierrot ne manque pas de rechercher les moyens d'offrir son seruice à Margoton, laquelle l'ayant rebuté, & sçachant que son dedain ne procedoit que de l'amour qu'elle portoit à Philin, il resolut de la quitter, & de luy rendre quelque sensible desplaisir en haine du refus qu'elle auoit fait de son seruice. Sur ce dessein ayant rencontré Philin, il le deffie, & le presse de se battre auec leurs fondes, lequel se trouuant animé

A 3

par le mespris que Pierrot faisoit de sa Bergere , ils commencent leur combat auec leurs fondes, qu'ils terminerent par leurs houlettes, pluftost qu'ils n'euffent defiré:car Diguo estant furuenu, il les fepara, & voulut fçauoir le fujet de leur querelle. Alizon grangere de cefte Dame, luy ayant dit que leur animofité procedoit des beautés de fa fille, elle les affeure l'vn & l'autre qu'en vain ils en venoient aux mains , puis qu'ils ne deuoient rien pretendre en fon alliance. Philin defefperé de la mauuaife volonté que Diguo auoit pour luy, refout de fe tuer, & l'eut executé fans Alizon qui luy retint le bras comme il fe vouloit ouurir l'eftomac auec vn couteau: Pierrot touché du defefpoir où il voyoit reduit cét infortuné Berger, change fa haine en vne amitié parfaicte, qu'il continua depuis : promet de l'affifter en fes amours, & luy fait reprendre les efprits par le moyen d'vn quatrain, & de quelques chiffres qu'il luy fit voir, graués par fa Bergere fur l'efcorce d'vn arbre. L'amour que cefte Dame portoit à Philin, ne fut pas terminée de la forte : car ayant fait jouër tous les refforts qu'elle pouuoit inuenter pour refoudre Philin à quitter Margoton, & l'obliger par ce moyen d'accepter l'offre qu'elle luy faifoit de fon amitié, recognoiffant qu'elle ne le pouuoit refoudre à quitter fa Bergere, ny par fes careffes, ny par fes prefents, le defpit la porta à fuppofer que Philin auoit voulu attenter à fa pudicité, & fous ce pretexte elle pria vn Gentil-homme Sauoyfien qu'elle fçauoit luy eftre affectionné, de tirer raifon de cefte injure fuppofée : mais comme les efforts de ce Caualier ne peurent reüffir felon fes defirs, elle fit mettre en prifon Philin de l'authorité du Iuge du lieu. Cét infortuné Berger fe voyant reduit au defefpoir, n'eut recours qu'aux plaintes & aux larmes qu'il

jetta en abondance dans ſa priſon , de laquelle en fin il fut
deliuré par l'entremiſe de Pierrot , lequel fit le recit de ſon
infortune au Roy qui paſſoit en ce pays pour s'en aller de-
là les Alpes , qui touché des diſgraces de ce Berger , le fit
tirer de la priſon , & termina ſes peines amoureuſes par vn
mariage, au contentement de ces fidelles amants.

PERMISSION.

LOVYS DE BOVRBON, Comte de Soiſſons, Pair & grand Maiſtre
de France, Gouuerneur & Lieutenant General pour le Roy en Dauphiné.
Au premier des Huiſſiers de la Cour de Parlement dudit Païs, ou Sergent
Royal requis, ſuiuant le decret de ladite Cour , mis au bas de la Requeſte cy
ſous contre-ſcel Royal joincte, preſentée par IEAN MILLET de Grenoble: &
à ſa Requeſte ladite Cour par ſondit decret luy a permis, comme par ces pre-
ſentes nous luy permettons , de faire imprimer à l'Imprimeur que bon luy
ſemblera vne piece par luy compoſée, intitulée ; La Paſtorale de la Conſtance de
Philin & Margoton , dediée au Seigneur Comte de Sault. A ces fins te mandons &
commandons faire inhibitions & defences de par le Roy, ladite Cour & nous,
à tous Imprimeurs, Libraires de la Prouince, & à tous autres qu'il appartien-
dra, d'imprimer, vendre, ou diſtribuer, en aucune façon que ce ſoit , ſans le
conſentement dudit Millet, à peine de confiſcation deſdites Copies , & cinq
cents liures d'amende, pour ſes dommages & intereſts : De ce faite te donnons
pouuoir. DONNE' à Grenoble en Parlement le huictiéme Feurier, mil ſix
cens trente-cinq.

PAR LA COVR.

DV VIVIER.

LEdit Millet a donné pouuoir à EDOÜARD RABAN, Maiſtre-Im-
primeur de ceſte Ville, d'imprimer ladite Paſtorale ſuiuant leurs pachcs &
conuentions.

LES ACTEVRS.

LA NYMPHE de Grenoble recite le Prologue.

MARGOTON, Bergere.

PHILIN, Berger amoureux de Margoton.

PIERROT, auſſi amoureux de Margoton.

LA DAME, amoureuſe de Philin.

ALIZON, Grangere de la Dame.

LE CHEVALIER Sauoyſien, amoureux de la Dame.

LE VALET du Cheualier.

DIGVO, Pere de Margoton.

GIENA, ſa Mere.

LE ROY.

LE COVRTISAN.

VN GARDE.

PROLOGVE,

Recité par la Nymphe de GRENOBLE,

A MONSEIGNEVR LE COMTE DE
SAVLT, & à Madame la Comtesse.

 Iau coublo qui d'amour aues la jouïſſanci
En l'vnion ſacra, ſi la rejoüïſſanci
Que j'ay en vo veyan, vo pot touchié lo cour,
    Entende mon diſcour.

Deu lo jour que Madama arriuit en carrochi,
V ſalué que je ſi ver lo port de la rochi,
I'ay creu, & je creirei, qu'vn petit deiplaiſi
    N'a deque me ſaiſi.

Perce-que poſſedant lo bien de ſa preſenci
M'et aui que je ſeu en l'aageo d'innocenci:
Et l'impo ſu la chair, en ma neceſſita,
    Ne m'a pot attriſta.

Tout mon bien vin de vo (Monſeignou lo grand Comto)
Perce que ceu Solei qui à l'autro fat honto
Vin per voſtron moyen eicláira mon ſejour
    D'vn agreablo jour.

Veremen voz aues cuilli dedin la Franci
Vna flou, dont lo flat me donne l'eſperanci
Que voz auri de fruct v plaiſi de tou dou,
    Durant voſtra verdou.

De lei ma populaci eſt ſi fort idalatra,
Qu'admirant ſe façon, eill'en deuin folatra
Et benit tou lou jour ceu qui l'at amena
    Per bien me gouuerna.

                          B

Mais deuan l'arriua de voſtra bella ſena
Monſeignou lo grand Duc m'auiet laiſſia en pena,
Me larime ſen fin colauon ver Roman,
     Ie vo dirai comman.

Auſſito qu'vn matin l'Izera ſablounouſa
Lo rauit de mou flan, lon me vid plu renouſa
Qu'vna deicrepita n'et en quoque canton
     Quand eill'et ſen baſton.

Comme peti puzin qui ont perdu lour couua,
Sito que ſou regard de mon clochié de touua
S'eiclipſiront, laſſet, je n'ay fat que piouchié,
     Me pleignan v rochié.

La Torterella, à qui mon amour ſe rapporte,
Ne ſe pot repoſa, que ſu de branche morte
Loing de ſon amoirou, ainſi loing de Crequy
     Ie n'ai fat que langui.

Diana qui chié vo dedin vna caſſola
A le fille de Pan laue la pertuſola,
Sçat de quant de regret mon cour ſut meiparti
     Sito qu'u fut parti.

Viroillan jour & not vtour de cella dama,
Qui de ſon ami fret ne reçet point de flama,
I'ay fat fondre ſa nei v ven de mou ſouſpi,
     Sou boei en ſont flappi.

Toutte me dameiſelle auſſi belle que dreite,
Qui fourniſſont amour de fleſche & d'arbareite,
Ayant perdu lour Dieu , vn ſecond Anibal,
     En quiëtiront lou bal.

Preſidan, Conſeillié, qui jugeant ſu le piece,
Per ſe mettre en chalou ne migeon que d'eipiece,
Auſſi fret que Fanjat lo Procurou creitin
     N'ont point fat de feſtin.

Appres son grand adieu qui fit fendre le piere,
Et pendola lo cour à le dame plu fiere,
Lo regret aussito fit quicta l'habit court
   A toutte gen de Cour.

A vei tant de manteu treina per le charreire,
Et tant de grand soutane en fasson de bureire.
Lon creyet qu'on teniet lo sinodo accolan
   De tou lou Chapelan.

Lo Pallay, ou jamay la Iustici n'et lassa,
N'a poi fare vn repa de quoque causa grassa,
V s'et entertenu, comme pic ennemi,
   De petite fourmi.

V lat deilauora la liberta premeiri
De cellou qui ont prei louz Our din la fumeiri,
Tant que lo petit gran est, v sorti du van,
   Per l'hosto du Chauan.

Louz Aduocat qui sont natif de curabourfa,
Et qui vont eicrachié lo Latin din ma sourfa,
N'ont poi paragrafa, bertola, jasonna,
   Grecqua, ni Latina.

Lou Procurou qui sont de brut comme le graille,
Ou de ma comme font v jardin le poulaille,
Malheirou comme sont lou bon chin de bergié,
   N'ont heu deque rougié.

Lo petit populat, qui d'enuei Alemanda,
Trauaille per trinqua le feste de commanda,
N'at beu que den l'Izera, afin de l'eigouta,
   Per m'auei trop cousta.
Sa trop fachousa absenci a causa mille pene,
Mille mort, & sur tout vn tem de ratapene.

Inſi le grande not, cauſa de la freidou,
     Font mouri la verdou.

Quand v l'eſtiet ſu mer, où l'on appren à viure,
Où lo rey du peiſſon vʒ autro ſe fat ſuiure,
Ie tremblauo de pou qu'vn Dauphin ſen diſcour
     Lo tiriſſé en ſa cour.

M'eſtiet tousjour aui que leʒ onde bauouſe
Cachauon Appollon à le Muſe reuouſe,
Et qu'elle ſe vollion enrichi de me flou,
     En creiſſant de me plou.

Mais ſito que ie ſceu lour reſpeɛt juſqu'à terra
Per lo Rey, qui leʒ at brida contra Angleterra,
I'eu lo cour deichargea d'vn ſey de peſſamen,
     Et l'eſprit de tourmen.

V fut mieu reſpeɛta ſur la mer que Neptuna,
Per ce qu'u fut ſoufla du ven de la fortuna
La Baleina, qui fat lo ſemon d'vn rochié,
     Ne l'oʒit aprochié.

La ſereyna bouclit ſa lengua ſen pareilli,
Creignan que ſe chanſon lo priſſion per l'aureilli,
Ou de pou que ſuruilla, en brandan ſon goʒlé,
     Ne la fiſſe queyſié.

Geina lo receuit d'vna faci joyouſa,
Comme fat ſon amy den ſou bra vn'eypouſa,
Teſmoignant que ſon cour eſtiet enſeueli
     Dedin le fleur de Li.

En touta l'Italia on lo trouit eitrangeo,
Comme ſu l'oſſe eita de l'Eufrata ou du Gangeo,
Per ce qu'on n'y at veu ſi illuſtro Seignou,
     Que mon bon Gouuernou.

Lou Ceſar barbe raʒe, & lo vaillen Pompea,

Qui du fang ennemy ont rougi lour eipela,
S'u fuffe de lour tem, n'aurïont eu du guerrié,
  Qu'appres leu lo laurié.
V merite donc plus que touta lour hiftoeiri,
Puisqu'u n'ont emporta v combat la victoeiri
Qu'auec trop d'aduantageo, & comme lou plus fort,
  V eyqui tout lour eifort.
Mais leu dont lo renom en tout lieu s'attafeye,
Infi qu'vn Lou folet eicarte mille Feye,
At (fuiuy de bien po) fat quitta l'eytendar
  A vingt mille Soudar.
En lour tem on pouuiet auecque la cuiraffi
Combattre jour & not fen prendre la pouraffi,
Car gnauiet que matrat, qui ne pouuiont perci
  Lo fer de chair farci.
Mais ore gnat que feu din lez efcaramouche,
Onte tombon le gen comm'en yuer le mouche:
V fet doncqua trouua en de plu grands hazard,
  Que nonpa lou Cefar.
Corp à corp, pourpoin ba, & fen vza d'outrageo,
V lat deffu lo pra montra fon grand courageo
A fon fier ennemy pertufan fon tupin,
  Tefmoin Dom Philipin.
Ce qu'u la fat remplit d'honnou touta la Franci,
Franci qui at en leu trouua fon affeuranci,
Affi i lat rendu Subftitut de Bourbon
  Affin de teni bon.
V ciqui perque lo Rey at bailla la caffada
A prou de grand jallou de fa bella embaffada,
Affi en fon Royaumo vne pouuiet chufi
  Que leu per fou deyfi.

   B 3

Sito que Roma ſceut que lo Rey lo mandaue,
Et que per ſa valou v s'y recommandaue,
Elli ſe preparit à luy vuri ſa Cour,
   Et lo fon de ſon cour.

Sa bell' intra montrit à Roma plu de luſtro,
Que ne fit à Madry Iean de Parı l'illuſtro,
Per ce que ſon grand train marchit ſen embarrat,
   Depou d'auey charat.

Dedin ſon eiquipageo on veyet mieu tralure
L'or fin en brodari qu'on ne ſçauriet deidure,
Et ſon chiua para marchaue deſſu l'or
   Deuant tou lou Millor.

Sur vn autro chiua qui vz autro mourgaue,
Et qui ſuperbamen ſu lo pauey gingaue,
V rendit tou louz eu biaucop plu reboüillar,
   Que Reynaud ſu bayard.

Lo peuplo l'admirit, & deſſu ſon viſageo
V liſit qu'u faſiet du bonheur lo meſſageo,
De façon que la joey lo fit mieu larima,
   Que ne fariet lo ma.

Lo Papa lo reçeut d'vn amour paternella,
Et tou lou Cardinau d'amitié fraternella,
Comme ſitou ſou jour oſſion eita agnia
   Dedin lour meſma gnia.

Quand noſtron Vibally (home de grand cabochi)
Vid tout Roma aſſembla din ſa granda Perrochi
D'vn Latin que frazaue inſi qu'vn macarron,
   Surmontit Ciceron.

Son harengua charmit l'aureilli delicata
De tou cellou qui ont lo bonnet d'eſcarlata,
Et lour fit confeſſa que gnauiet point de fin
   V renom du Dauphin.

Appres sa bella intra superba, magnifiqua,
Lon luy ouurit lou jeu, lou festin, la musiqua,
Et leu lo plu sçauan v complimen de cour
      Lour eibandit lo Cour.

Cependant qu'u l'estiet en joey j'estin en pena,
Comm'vn jalou troubla du trafic de sa sena,
Ie volin tout sçauei, comme le fene sont,
      Sur vn quarta sen son.

I'auin lou quatro ven v coing de le ceruelle,
Mais quand vna gazetta apportit de nouuelle,
Courant de coing en coing comme la sainct Murt,
      I'eu lo ceruel guari.

Aussito je repri le jaute aussi vermeille,
Que Baccus qui dessout vna treilli sommeille,
I'eu lo cour eiclarci, & comme l'Orian
      Lo visageo rian.

Dedin mou bastion (parquet de la plaisanci)
La tristessa fit placi à la rejouyssanci,
Si bien qu'on vid d'acrord lou vioulun, le chanson,
      Le fille & lou garçon.

Incontinen le dame à la Dama dè Couche,
Auec louz instrumen qui enchanton le mouche,
Firont chaneuari, tant qui eut de tintin
      Per lou pere Augustin.

Gnauiet pa cabaret qu'à leu lon n'y brindisse,
Et que mille chanson su lo vin lon n'y disse.
Tané y fit chargiè lo fay de trei quintau,
      A sept ou huict cortau.

Deipeu ceu tem la gloeiri enflan prou de courageo,
Louz a rendu plu fier que la mer en orageo,

Car lou petiz eſpri, comme l'air trop ſouuen
      Se ſont rempli de ven.
La ſena d'vn Bouchié, à le charaueiſſella
Ne reſpond ren ſi n'et appella Dameiſella,
Et ne lour baille chair, ſet mẽbro, ſet roignon,
      Qu'en vertu de ceu nom.
Vn joyou de Guytarra, auec ſe caſcagnette
Volliet baladina en chouſe deshonnette,
Mais quatro Meneitrié lo ſiront d'autro ſon
      Danſié ſen eſcarſon.
Vn petit Aduocat gourman de la volailli,
Per vna gelinota a migea vna grailli,
Non ſolamen ſa part, mais lo reſu mignon
      De tou ſon compagnon.
Mais de peura vengeançi, v jettit per berlauda,
Vn o de mort v pot de ceu qui ſit la frauda,
Et volliet fare encrey que la ſeruanta en ſit
      Vn potageo conſit.
A vn autre Aduoçat ordinairimen palo,
Sont arriua à cop chié leu dou eſcandalo,
Car quand de ſa maiſon lo feu prit lo çeruel,
      Vleut de fruct nouuel.
V ſon du tocaſſein, d'vn ſlan chacun trottaue,
Et de l'autro couſtié ſa ſeruenta enfantaue,
De que fort entreprey, voulant tout ſecouri,
      Ne ſçauiet ou couri.
Lo Chuſi qui ſe cret eſtre bien neceſſeiro,
A larria s'empanſit faſſant lo Commiſſeiro,
Et ne voulant payé, l'Houteſſa lo battit
      Su ſon chiua reitit
Tan mei à l'eiperon ſon chiua reculaue,

Tan mei d'vn gro flayel fon bra l'eiceruelaue,
Si bien qu'v l'emportit mei de cou qu'vn bardot
   Ne fat v Languedot.

Vn Bolongié trop dru volliet changié de vianda,
Per meilleurié fon corp de choufa plu frianda:
Mais d'vn foufflet darrié, talamen fut confla,
   Qu'v ne pouuiet fouffla.

Si falliet difcourı de tou lou bonz affare,
Qui font fu lo tapit y auriet trop affare:
E faut donq retourna à mon premié difcour,
   Per v couppa plu court.

Lo retour du Soley rejouyt toutte chofe:
Infi lo voftro fat eibandi me trey rofé,
Et me fat reffenti vn tem biaucop plu gay
   Que ceu du mey de May.

En generofita voz eftes filz de pare,
Car à leu ni à vo perfonna fe compare:
La branchi ne deiment l'abro qui la produt,
   Infi l'heur vo condut.

Quand la rebellion (cella meichenta louua)
Eigarit lo pufin de la Franci fa couua,
Vo monftrite en fautant, que voz eftia de Sault,
   Lo prenant per affault.

En tout vo proceda auec tant de prudanci,
Que tout lo Dauphina en tire fa cadanci.
Ici dong à perpo lo Rey voz eitablit,
   V proffit du public.

Ne faut donq fouhaiēta que voftra demouranci,
Tant per voftron repo, que per mon affeuranci,
Puifque vo merita bon tem, bonna fanta,
   Comme mi feureta.

C

Prenes dong lo repo que jamey vo ne priste,
Et vo fari plaisi si jamey vo lo fiste
V Poëte Sainct Iean, vostron bon seruitou,
       Perce qu'v let boitou.

V aut mieu estre premié en son petit vilageo
Que second, ou troiziesme v grand lieu d'esclauageo.
Ici voz estes maistre, & delei prou de grand,
       Marchont à vostron rang.

Laissié doncque Pari, & se chapironnette,
Per protegié l'amour de me Bergeronnette.
Margot vo pareitrat, trafora du matrat,
       Que l'amour luy a trat.

Ici tou lou plaisi, amour, festin & danse,
Voz offront jour & not lour aymable cadances
Per ceu moyen la mort ne vo farat passa,
       V rang du trepassa.

Chambet voz adurat su sa cauala roussa
Rauiolle du Sapey, fromageo de Chatroussa,
Aussi plat qu'vn tranchou, & que tou sou discour
       Qui me creuon lo cour.

Et vo granda Comtessa, en qui je me miraillo,
Per bien vo renomma, ne faut pa que je braillo :
Tout lo mondo sçat prou, qu'en vo la vertu pren
       Tout ce qu'eilli m'appren.

Et pui considerant que per vostre loüange,
Faudriet auei la voey, & l'esperit d'vn ange.
Ie n'entreprendray pa de voz en amusié.
       I'amo mieu me queisié.

I'amo mieu prié Dieu, qu'v vo fasse la graci,
De veire foemillié en efan vostra raci,
Qui en vostrou vieuz an, su lo point de fini
       Vo faront rajeuni.

Per iquen tou lou jour qui sont darrie le roche,
Vo fasseison braua la mort qui tout derroche :
Afin que vo viui, mei que Mathieusala,
      Sen pouuei deicala.

ACTE PREMIER.
SCENE PREMIERE.

MARGOTON.

LA not malencontroufa, eibruda du Leuan,
  Sauue fe ratapene, & fou leido chauan.
L'auba ploure de joey, toutte le floui moille,
Et per les eiffuyé lo Solei fe deipoille
De l'aigua de la mer, & de tou lou bröuillat.
Louz vzeu deigourdi font branda lou foillat,
Et fortont en chantan du fon de lour cachette,
V brut que mouz agneu font auec lour clochette.
I'entendo lou bouuié, qui per encouragié
Lou bo à laboura, tirté, & deiragié,
Chanton à hauta tefta, & à marci d'haleina,
Et d'vn ton qui pourriet endormi la Sereina.
Le roche, que natura at fi bien maffonna,
Iauniront tanto mieu, que poigni faffronna,
De l'or, que lo Solei porte din fa carrochi.
No lo verron bien to rayonna fu la rochi :
Car ceu pare du jour approche la monta,
D'où l'auba vergognoufa eft prefque furmonta.
Le perlhe de le flou creignon, comme lez ombre,
L'arriua de ceu Dieu, qui fou chiuau n'encombre :
Et comme vanita fe vont eiuanouï,
Afin que lou Bergié fe poeiffon rejouï
Su l'herba, qui lou fert de couchi la plu mola,

                    C 2

Su qui le vraiz amour n'ont pa besoin d'eicola.
(Ie dio de lez amour qui ont mei de plaisi
Que le miene, de qui Philin pert lo laisi)
Ah ! Philin, mon Bergié, tu es vn po trop lascho,
A veni gouuerna la brida que je lascho
A tou chasto deisi. Tu ame trop ronfla.
Ton feu s'amorte tout sito qu'v n'est soufla.
Pereisou deburia tu estre din ta cabuna,
Ore qu'on ne vet plu la corna de la Luna.
Si t'avia la meita de la langou que j'ay,
Tu vindria caqueta de l'amour comm'vn Iay.
Mais tu sa ben aui que je ne seu pa bella,
Que mon ama à te ley ne pot estre rebella :
Et que de ton burin, mon cour eigarrifa,
Confesse que ton nom ne s'y pot eicafa.
Si j'auin quoque po de pouuei su lo tieno,
Iaimay touz eu frippon ne s'eicondriont du mieno.
Tu saria tout à mi, comme fer à l'Eiman.
Mais afin d'attirié ton cour de Diaman,
Ou plusto de rochat è me manque la Lyra
D'Orphea, qui t'endort auec son tira-lira.
Ie n'ay pa prou de graçi afin de t'achati :
Potestre mez vrtié te rendon eimurti.
Toutefei si je n'ay l'aseitary de Flora,
Tu sça que mon amour n'est pa sujet à l'ora :
Que je seu vn rochié qu'on ne pot eibranda :
Et que souqua per ti je me seu garanda.
Que ne vin tu dong vei ton Amanta fidella ?
Si l'amour pot sarra ton cour de ma cordella.
V n'est pa gueiro loing. l'entendo son siblet.
Mon cour mieu attendri, que n'est vn perut blet,

Me fat leen zau zau, & de ven v s'engorfe,
Comm'vn fauzo cura qui n'at que lez eicorfe.
Si bien que ma parola eitofe de fouspi.
Ie l'entreueyo.   V let inco tout affoupi.
Me faut cachié darrié cesta bronda foilloufa,
Per affalli de pou fa faci dormilloufa.

ACTE PREMIER,
SCENE SECONDE.
PHILIN, MARGOTON.

PHILIN.

I Amay poro Bergié, de l'amour abufia,
N'aguit, de fou biau trait, lo cour fi pertufia,
Que je l'ay : car lo men griuela comm'vn cublo,
Ne pot dire finon que fou mau font terrublo.

MARGOTON.

Quinta filli lat to nafra de la façon?

PHILIN.

Margot at outa l'arc à ceu petit garçon,
Per planta fou matrat dedin ma peiturina :
Margot, eft cell'iqui qu'at mailla l'armarina,
Dont j'ay lo cour farra : lou raifin patroüilla,
Ne font pa fi eitreint en petita troilla :
Si bien que lo tormen, qui tout plaifi deuore,
Pouffe mon efperit fu lo bord de me lore.

MARGOTON.

Tormenta de fou mau, je ne pouo à cuuer
Me teni plu long tem : Philin, fen ver, fen ver.

PHILIN,

Ah! l'amour ne vou pa que mon ame fen ale :
Quand i fen vou volla, v lhi rougne lez ale.

MARGOTON.

I'ay gaigna, car tu es fen foille de rofié.

C 3

PHILIN.

Surprei de tou regard, qui ont fat vn brafié
De mon cœur, je confeſſò à tou biauz eu ſa pertã:
Perta qui me plait plu que la via recouuerta.
Ie te debuo lo pri, dont je ne me ſçourin
Acquiéta dignimen. Mais quand je me deburin
Eipelallié lo na v mitan de le ronze,
Barrula v fin fon de le plu grande fonze,
Grippillié lou rochié, & trafora lo plan,
Où lez onde font laſſe, & colon tousjour plan :
Ie charchirai per tout quoque choſa de brauo,
Per t'en fare vn preſen de le man d'vn eſclauo.

MARGOTON.

Vn boquet de te man Margoton ſouqua vou,
Que plu qu'autro preſen i tindrat à fauou.

PHILIN.

La fauou ne farat qu'à mi , ſi de mon offro,
Vn petit braſſelet, qu'v fin fon de mon coffro,
I'ay conferua long tem. Te daigne cependen
Recepure, per l'amour de mi ton deipenden.

MARGOTON.

Ie l'accepto , venant d'vn offro legitimo :
Offro dont obligea heuroüſa je m'eſtimo.
Que per l'amour de ti je volo conſerua;
Eſtant touta per ti, mon honnou reſerua.
Eytachimen lo bra & de tala maneyri,
Que l'on veye qu'amour m'a fat ta preyſonneiri.

PHILIN.

T'eytachan je me trouo v deytret du pechot.
Qui tin ma liberta v fon de ſon cachot
Don te garde la cla , & mi que la ſarrailli.
Ie ne ſeu qu'vn batel eytacha à ta trailli,

Qui se laisse guida à touz eu mou patron.
La Deessa babillia de coulou de citron,
Reyna de nostrou boey, v tem de la verdura,
Ne se pot separa de la trista freidura.
Ni lou peyson de l'eygua, ou l'amour est secret.
Ni echo du rochié, ni pechié du regret :
Ni lo bon dieu Baccus du jus de le sermente :
Insi de ton amour qui mon cour alimente,
Eytacha fort & fert, ren ne pot separa
Philin, à tou voley jour & not prepara.

MARGOTON.

Asseura te de mi, ton Amanta fidella,
Comme lo bon soudar fat de sa Citadella.
V tem que lou minou prenou de grand preisat,
Porron fare sauta le roche tout affat,
Doubta de ma constanci, & m'appella legeiri,
Incapabla du nom & renom de Bergeiri.
Iusqu'iqui pren repo, attendan que l'Hymen
D'vn bon commencimen set la fin & l'amen.
Cependan puisqu'à ti si auant je m'engageo,
Porta de me liureye en ton chapel per gageo.

PHILIN.

Te m'oblige à mouri plusto que de changié,
Et de braua per ti tou lou plu grand dangié.

MARGOTON.

Bailli me que j'en fasso vna roza à ma moda,
Et qui, en ton cordon, te farat plu comoda.

PHILIN.

Ceu riban enlassia de tou dey potelet
Sarat mon entretin quand je sarei solet.

MARGOTON.

Mais plusto lo subjet de quoque vieutenanci,
La chosa n'estant pa selon ta conuenanci.

PHILIN.

Bergeiri te fà tort à ma naüueta,
Ou plufto v refpeEt qu'et deu à ta beauta,
De dire que je poeiffo en ti mon efperanci
Apliqua lo meipri ou ben l'indifferanci:
Plufto que d'y penfa l'enfer fet mon fejour.

MARGOTON.

Leiffon lou complimen v donou de bonjour,
Ie creyo que te m'ame, & que ta confcienci
Ne fe vou pa chargié d'vn fey de penitenci,
Puifque te n'a qu'amour, comme lo roffignon,
Et que ton cour n'et pa doublo comm'vn ignon.

PHILIN.

Te cogneu lo fubjeEt du ma qui me charpene,
Car mouz eu languiffan te remonftron me pene,
Outra que mou fouSpi en fon lou vray tefmoin.

MARGOTON.

Si tu fouffre Bergié, je n'enduro pa moin.

PHILIN.

Permey donc qu'vn beyfié fu te lore s'amourre,
Et qu'vn de mou fouSpi den ta bouchi fe fourre.

MARGOTON.

Que fas-tu folinel?

PHILIN.

Ie charcho guarifon.

MARGOTON.

Mais de noftrez amour plufto quoque poyfon,
Car veilay vn bergié qui de loin no regarde.

PHILIN.

Que no chau to de leu puifque l'amour no garde.

ACTE

ACTE PREMIER,

SCENE TROISIEME.

PIERROT, MARGOTON, PHILIN.

PIERROT.

Ytrangi priuauta digni de jalousi,
Lour caresse me font mouri de deyplaisi.

MARGOTON.

Eyet Piarrot qui vou, d'vna veuua affichousa,
Troubla nostron biau tem, comm' vn' ora fachousa.

PHILIN.

Si de quoque nieuola v vin cuuri mon jour,
V lourat su lo na vna quinta majour.

PIERROT.

V grondon de me vey : mais pamoin faut que j'alo
Sçauey si Margoton n'et que per ceu biau malo.

MARGOTON.

V l'aduance sou pa, trouon quoque deitour.

PHILIN.

Donnon luy lo subject de prendre son retour.

PIERROT.

Dieu te gard, Margoton, honnou de nostre grange,
Qui comm'vn biau Soley eysu toute le fange,
Qui fa mieu sousspira lou meina que lo ven,
Ou que le Repentié ne fon en lour Couuen.
Et qui fa eybandi mey de flou que gnat d'herbe,
Ou ben que gnat de gran en toute nostre gerbe:
Permey que je te comto, vna partia du ma
Que j'enduro, deypeu que l'amour mat charma.

MARGOTON.

Adressite Bergié à quoqu'vna que poeisse
Eycouta lo fachou discour de tez engoeisse.

PIERROT.

Celeu que l'escorpion animal maleytru

D

At piqua, n'at recour qu'à celeu chambaru:
Inſi bleſſia v cour de ta biauta extrema
Ie ne pouo troua guariſon qu'en ti meſma.

MARGOTON.

Te me pren per vn'autra : adieu per lo plu court,
Et te vay deyjeuna ſi tu a ma de cour.

PHILIN.

Ietta quoque regard ſu ſon ama malada.

MARGOTON.

Ie ne pouo couſin l'adciſta d'vn' œilliada,
Eycarton no de leu : Leiſſon lo marmotta.

PIERROT.

Ah ! l'ingrata me fut, v lieu de m'eicouta,
Sa cruauta ne pot ſouffri que je me plegno,
Fauto qu'v deſeſpoir mon ama je contregno:
Et que d'vn tau meipri je ſeyo eycagna,
Per vn pouro creitin qui ſon cour at gaigna,
Parbié, marbié, ſambié, je farey de rauageo,
Quand j'en deburin fui le gen comm'vn Sauuageo,
Ie farey mieu parlà de my que lo Chourié
Qui fit brouta le vigne appres Paſque fleurié,
Car v pied de chaſqu'abro, en cela Foreſts ſombra
(Onte la Margoton eſt vn Soley à l'ombra)
Ie boutarey lo feu, affin que ceu boey vert
Seye mieu deypoüilla, lo Chautem, que l'Hyuer:
Et que cellouz aman n'y trouon point de foille,
Per ſe garda de chau, quand la terra s'eiboille:
Debuo-je pa bucla lo ſejour de Margot ?
Puiſqu'eilli fat brulà mon cour, comm'vn fagot:
Et qu'i ne pot anei, v ſon de ſa memoeiri,
Que ceu Philin, qui n'et qu'vn chiua de la gloeiri,

Et qui de vanita creue dedin sa pel,
Inco qu'v n'at de son lo largeo d'vn chapel?
Oey, que j'ay lo subject de deisollié louz abro,
Puisqu'à la Margoton (bella piera de mabro)
V donnont lour freichou, per conserua son glat,
Et cachon à mouz eu de sa biauta l'eiclat:
Mais coman din son cour se pouont to retreire,
Auec si grand accord, Dieu chouse si contreire:
Lo feu per ceu Philin, & lo glat per Pierrot.
Cellei fat conuerti tou mou souspi en rot:
En rot qui me sont plu amar à la corniola,
Que n'et, v fin mitan du cour, vn'eipinola.
Non pa de cellou rot que sont lou chicholou,
Qui amon mei lo goust, que non pa la colou.
Mais de cellou qui sont de la mort lo messageo,
Insi que chacun lit sur mon tristo visageo.
Ie seu si deizola, que je ne creyo pa,
Qu'on me pueisse resoudre à moin que du trespa.
Qui ne trouuariet to cesta via que trop longi?
Ou ben qui n'auriet to lo pitro gro d'encrongi?
Traicta, comme je seu, à causa d'vn riuay,
Lou jour me sont faschou, dessout ceu grand trauay.
V eire tant de caresse, à mon desaduantageo:
Caresse, qu'eilli sçat cuuri d'vn parantageo,
En l'appellant cousin: celley me fat soufla,
Comm'vn Our courroucia, qui, per se deisconfla,
Eiserbeille lou boey, & tout ce qu'v rencontre,
Mais en deipit du jour, qui trop joyou se montre
Du tormen qui me fat fure le compagnié,
I'en farei mei ploura, que non pa rechagnié.

D 2

Ie farei que lo brut tonnarat din la rochl,
Et que lo tocaſſein troublarat la Perrochl.

ACTE PREMIER,
SCENE QVATRIE'ME.
LA DAME, ALISON.

LA DAME.

D'Où vient que mon eſprit, par vn charme nouueau,
Eſtant hors de ce lieu ne treuue rien de beau ?
Pan, ſans doubte, ennuyé des feux de ſes Bergeres;
Teſmoignant que les Dieux ont des ames legeres,
A voulu m'attirer dans ce plaiſant ſejour,
Pour me rendre bien toſt l'objeſt de ſon amour :
Et crois, qu'en ce deſſein, il eſtalle à ma veuë,
Toutes les raretés dont la terre eſt pourueuë :
Il a rendu ce lieu tout tapiſſé de ver,
Pour amoindrir l'horreur de ce faſcheux Hyuer,
Qui paroit ſur ſa face, haue, ſale, & hideuſe.
Mais quoy ? pourray-je aymer ceſte barbe craſſeuſe ?
Ce tein paſle, & defait, ce front tout ſillonné,
Ceſte bouche fenduë, & ce poil mal peigné :
En fin ce demi bouc. Non : car deſia mon ame,
A faiſt vœu de bruſler d'vne plus belle flamme.
L'objeſt de mes deſirs eſt ce gentil Berger,
L'honneur de céſt Hameau : mais pourray-je changer
La paſſion d'vn Dieu pour aymer vn ruſtique ?
Paſſion ridicule, eſtrange & fantaſtique.
Vn Dieu me fait l'amour, & je ne le veux pas :
Mais quoy ? qui l'aymeroit ſi deſpourueu d'appas ?
Son corps n'eſt pas formé de meſmes que les noſtres,
Toutesfois c'eſt vn Dieu qui eſt ſemblable aux autres:

Et s'il eſt different, en quelque qualité,
Il eſt eſgal à eux , en la Diuinité.
Confuſe, je ne ſçay, ou mon eſprit s'eſgare,
Ie reſſemble à celuy, qui d'vn' humeur auare,
Ne ſçait jouïr des biens qui ſont en ſon pouuoir.
I'ayme auec paſſion, Philin, que mon deuoir
Deuroit fouler aux pieds, & quite l'eſperance
D'vn bien tout aſſeuré, parmy la jouïſſance
De ce Dieu boccager, épris de ma beauté.
Mais quoy ? que j'ayme vn bouc ? Non, ceſte láſcheté,
Ne ſe pourroit couurir. Prens vn' autre figure,
Pan, ſi tu veux m'aymer. Autrement je te jure,
Que jamais mon amour ne receura tes loix :
Et que ſi le deſtin me retient dans ces bois,
Ce ſera ſeulement, à fin que je ſouſpire
Pour l'objeẛt de Philin, auquel mon ame aſpire.
Mais j'eſtime que Pan, à fin de m'engager
A ſon amour, a prins le corps de ce Berger :
Son port, ſa contenance, & ſa face diuine
Me teſmoignent qu'vn Dieu eſt dedans ſa poiẛtrine,
Doncques, Berger, ou Dieu, mon cœur eſt reſolu,
De luy donner, ſur luy, vn Empire abſolu.
Ma fidelle Aliſon, mon vnique eſperance,
En ceſte occaſion, j'attens ton aſſiſtance.

ALISON.

Repoſa vo, Madama, en mi voſtra ſeruenta,
Vo ſçaues que per vo, je mettrin tout en venta :
Et que j'eyrin deichauſſi en chamin tout paui,
Ie luy remonſtrarey que vo fat bon ſerui,
Qu'on mazante chié vo, à plen pun, le piſtole,
Ne faut, per l'enjoula, que de bonne parole,

Ie vo l'amenaray, afin qu'v recepuey
De voſtra volonta, la ley à ſon debuey.

LA DAME.

Pour l'auoir, il luy faut promettre double gage:
Car l'argent eſt bien plus charmant que le langage.

A L I S O N.

Laiſſié me ſouqua fare, atertan ne ſongié
Qu'à vo couchié, dormi, chanta, bere, & migié.

LA DAME.

Mon cœur impatient, languiſſant en attente,
Ne ſçauroit reſpirer vne vie contente,
Que mes yeux amoureux, ne jouiſſent des ſiens.
Faits le donc finement tomber dans nos liens.

A L I S O N.

Ie n'auray pa ſito acheui mon meſſageo,
Que vo confrontari voſtrou jouli viſageo.

LA DAME.

Sa preſence me plaiſt, car ell' eſt ſans defaut.

A L I S O N.

Son na teſmoigne aſſes, qu'v lat ce que vo faut.

LA DAME.

Il a fort bonne mine.

A L I S O N.

Autra que ceu bardacho,
Qui comme lou pauon ſe mire en ſon plumacho.

LA DAME.

Ce Cheualier, de qui tu parles, n'eſt qu'vn ſot,
Barbare en ſon diſcours, parce qu'à chaſque mot,
Il n'a point de pitié du François qu'il eſcorche.

A L I S O N.

Per trouua ſou diſcour, v gaſte trop de torche.

LA DAME.

Il croit que ſon amour a beaucoup merité,
Neantmoins je pardonne à ſa temerité.
Puis que ſon entretien me fournit dequoy rire.

ALISON.

Quand je l'oyo parla, m'et aui qu'v m'eiguire.

LA DAME.

Ne l'entre-vois-je pas?

ALISON.

Eyet leu : je m'en voey
Vo laiſſié auec ceu vachelié de Sauoey.

LA DAME.

Va t'en ſecretement là où vont mes penſées,
Et tes peines, vn jour, ſeront recompenſées.

ALISON.

Ce qu'et promey eſt deu , tene voz aſſeura,
Que voz auri bien to ce que vo deiſira.

ACTE PREMIER,
SCENE CINQVIE'ME.
LE CHEVALIER, SON VALET, ET LA DAME.

LE CHEVATIER.

VAlet, je vois Madame, arrande le brondage:
Viens moy deibaroucher viſtement le viſage,
Engante moy mes gains, eitire mon rabat:
Et morgue, comme moy, quand je ſuis au combat.
Madame, vous ſoyez icy la bien treuuée.

LA DAME.

Et vous le bien venu. Depuis quand l'arriuée?

LE CHEVALIER.

Tout pier, pour vous ſeruir affectionnement.

LA DAME.

C'eſt moy qui recevray voſtre commandement.

LE CHEVALIER.

Vous vous truffés de moy, car c'eſt moy qui doibs eſtre
Commandé, puis qu'amour dans vos yeux eſt mó maiſtre.

LA DAME.

Quelque plus beau ſubject a ſur vous ce pouuoir.

LE CHEVALIER.

Vous seulette l'auez, comme je vous fis voir
Poysier dedans le bal des quatre-vingts chandelles.
Car les autres beautez me vouloient aupres d'elles.
Mais je ne le voulus.　Car je ne le pouuois,
Parce que seulement à vous je le deuois.

LA DAME.

On treuueroit, Monsieur, vostre amitié estrange,
De les quitter pour moy : car vous perdries au change.

LE CHEVALIER.

Telle la difference est, entr'elles & vous,
Qu'ell'est entre le jour, & le temps des hibous.
La pinote tousjours surpasse la piuoule.
Le Soleil barrulant au ciel, comm'vne boule,
Surmonte les clairtés, qui traluisent la haut :
Et plus que tous les feux nous produit vn temps chaud.
La Lune quand ell'a la face pleine & ronde,
Comme René, tableau des miseres du monde,
Se void sur les plus gros fromages de Milan.
Le clochier de Biuiers, sur celuy de Meylan
Paroit estrangement.　Le Iardin de la plaine,
Et celuy (où l'on void pisser dans la Fontaine
Les Bergeres de git) à nos yeux sont plus doux
Que les autres, qui n'ont que porreaux & que choux.
Les naueaux sont meilleurs que raues au potage.
Ainsi sur les beautez vous auez l'aduantage.
Voylà pourquoy, Madame, en vous je remarquis,
L'vnique Paradis, de vostre tout acquis.

LA DAME.

Mais plustost le subject de quelque raillerie.

LE CHEVALIER.

Madame, excuses-moy : c'est hors de flatterie,

Que

Que je vous dis, qu'en vous je treuue tant d'appas,
Que voftre joly groin me plaift comm'vn repas.

LA DAME.

I'accepte volontiers de vous cefte affeurance,
Encores que le ciel m'ait ofté l'efperance,
Me refufant fes dons, de pouuoir meriter
L'amour d'vn Caualier, qu'on ne peut imiter.

LE CHEVALIER.

Vous vous grufez à tort de la mere Nature,
Puis que vous furpaffez en beauté la peinture.
L'eftoile des boüuiers peut-elle mieux briller
Que vos yeux, dans lefquels on fe peut mirailler ?
N'auez-vous pas beau poil, beau front, belles aureilles,
Le nez bien chapoté, les deux jautes vermeilles,
La bouche peu fenduë, & le menton forchu :
Auez vous de vous dents le ratellier berchu ?
Vos tetets font ils pas femblables à ces billes
Que l'on joüe au billiard ? Voit-on femmes & filles
Qui fe puiffent vanter fur vos perfections ?
Non plus qu'aucun fur moy, ou fur mes actions.
Non; cela ne fe peut: car vous eftez pouruenuë,
Comme le mois de May, des plaifirs de la veuë.

LA DAME.

Excufez-moy, Monfieur, ces belles qualitez,
Sont deuës à Venus.

LE CHEVALIER.

Seule les meritez.

S'il falloit difputer, qui de vous eft plus belle,
La pomme de Paris ne feroit plus pour elle.
Vous feriez la vainqueufe, ainfi que je le fus,
Alors que je rendis les Efpagnols confus.

E

LA DAME.

Mais pluſtoſt mes defauts cederoient à ſes charmes,
Comme tout eſt contrainct de ceder à vos armes.
Si donc voſtre valeur vous eſleue ſur tous,
Les loüanges, Monſieur, ne ſont deuës qu'à vous.

LE CHEVALIER.

Apres vous, je me puis vanter, comme Padelle,
Qu comme le Soleil ſur tout' autre chandelle :
Ie treppe ſous mes pieds Mars au ſon du tambour:
Et triomphe de tout, excepté de l'amour.

LA DAME.

Si Mars deſſous vos pieds laiſſe fouler ſa gloire,
Vn enfant vous peut-il diſputer la victoire ?

LE CHEVALIER.

Cét enfant que je vois boliquer dans vos yeux,
Me fiſt ſentir qu'il eſt le plus puiſſant des dieux,
Dés que ſon premier traict dedans mon cœur fiſt breſche,
Madame, voſtre main a tiré ceſte fleſche :
Fleſche qui traforant mon cœur, le fait mourir.

LA DAME.

Ie ſouffre plus que vous : mais pour en diſcourir,
Remettons à demain : car deſia la campagne
S'obſcurcit.

LE CHEVALIER.

Permettés que je vous accompagne,
Iuſqu'au pied du Chaſteau, où vous vous repoirés :
Attendu que les prez ſont quaſi machurés.

LE VALET.

Ze trouo que l'amour n'et ren qu'on badinazo:
Ona fondoa de bourro, auoey de bon fromazo,
At cen ſei meillu gut : vaut ben miou approcié
Ona ſoupa de chou, de l'autou d'on clocié :
O pluſto la bontá d'ona grala de raue,

Que non pa lo grun fier de le Dame plu braue :
Zamei on amoiru ne se pot bin digna :
Car v n'oze migie la peila ignona,
Ny le tripe vzau blan, comm'on bon fretta mici,
Depou d'estre mosca, comm'on cu de nurrici :
Vzeune to lo zor, sen gaignié lo perdon :
Et ne pot, sen arzen, entra cie Cupidon :
Tozor deslu sa Dama on regard v l'affice,
Comm'on cin sur vn o, que trop son maistre lice.
V court decei delai, & ne pot attrapa
Que loz o, quan celi qu'arriue appre soupa :
V s'afforti appre ona malotrua reissi :
Reissi qui à la fin tire touta sa greissi :
Quand à mei, zin d'amour, zin de boille à mon gra :
Z'amo mei deycucié on bon potazo gra :
Z'amo mei frequenta l'hosto de la Simoussa,
Et beyre zauelot, que sauona la moussa.
V lozy de l'Eytapa, o bin do petit Four,
Zamo bin me caua tant la not que lo zour.
Iqui ze soei zauni mon pan dian quaque saulce,
Tandi mon maistre pioulle o galeta se sause.
Iqui a bon marcié, marina fat bon cutti,
Car lon at per dou sou lo pied de bo ruti :
Et iqui tou lou puer, qui deuan que la porci
Do Douc, à Samberi, aye bin fat sa sorci,
Ont oza s'abada, son pendola suiuan
La sentenci qu'a fat lo Santiquo sçauan.
Iqui lon ot çanta le victoeire solette
De la Sauoey, qui sit cuuri lez amelette
De mort, quand l'Eidigueire, auer sou Darphinen
Habillia tou de serr, tirieue trot anen.

En fin v cabaret de cella bonna vela
Fat meillu demura, qu'en quaque sentinela:
Que gueita ona boilli, à fin de sangueta
V golet, qui se fat cieramen acita.
Mon Maistre, per vsri à l'amour sa sandela,
Fat cen viazo lo zor per ici la rondela:
Z'enrazo de lo vei enraza de l'amour,
Orendrei que lo sifre, & lo son do tambour
Lo debuont anima, dessu la vaci blanci,
A couppa de dou la de la tranci ferranci.
Z'enrazo de seri dian quaque bataillon,
Veici tout aperpo cen mille mucillon.
Rendi vo male bestie: ah terra ze ne pouo
Resista à l'armea, où solet ze me trouo:
Mais en deipit de vo, loin de Saparoüillan,
Ze santarei tozor que viue Montmeillan.

ACTE SECOND,
SCENE PREMIERE.
DIGVO, MARGOTON, GIENA.

DIGVO.

MA filli, tu sça ben qu'vn pare su lou sieno
Pot tout, comme lo Rey, que tou voley v mieno
Se debuon conforma: neantmoin de mou pa
Te fourueyan, tu sa lo chiual eychapa,
Tu sa autant d'eytat du commandamen noblo,
Que lon sat eujourdeu de le crie de Garnoblo:
De façon que passan le boine du respect,
Tu ren nostron renom & ton honou suspect.

MARGOTON.

Don vin to tout ceci, à quin subject l'outrageo,

Pot to de mon honou, tirié lo moindr' ombrageo?
Deu que je commenci à marchié pe lou ban:
Qu'on me fit vn fermon de l'honou, (biau riban,)
Et que de la vertu ma mare me fit traci,
I'ay fuiui lo chamin de noftra bonna raci,
S'en me fouruia d'vn pa: craintiua de bronchié.

DIGVO.
La fumeiri du feu ne fe pot pa cachié.

MARGOTON.
A l'apprebention mon efprit ne s'attache,
Me fintan l'honou net, comm'vn miray fen tache.

DIGVO.
Lo moindre fouflo ren lo miray tout pani
Infi èt de l'honnou: la moindra vilani,
Lo moindre mauuey veu, que lui foufleife contra,
Ren leida fa verrina, & fa plu bella montra.
La filli, ben qui fet fagi, ver lou garçon,
V moindr'eycart qui pren, engendre lo foupçon:
Soupçon qui à la fin fe conuertit en blafmo.
Veyqui perque, Margot, fi tu vou que je t'amo,
V moindre mauuey brut, ne fert pa de reffort:
Puis qu'vn bon renom vaut plu que tou lou trefor.

MARGOTON.
Lon nat deque farra v maudifan la bouchi.

DIGVO.
L'exemplo de vertu ne craint jamey lour touchi.

MARGOTON.
Comme fare per mieu fare que je ne foey?

DIGVO.
Suiure toufiour ta mare, & te me fares joey.

MARGOTON.
I'v volo, mais coman de me feye camufe,
Pourray j'auey lo foin, fi ceu debuey m'amufe

E 3

A l'entour de ma mare : y faut vn po brogié :
Vo ſçaues que lou lou charchon deque rougié.

GIENA.

Sa chargi neceſſeiry alonge ſon eytachi,
La filli en ſon honou n'encour aucuna tachi,
Inco que de ſa mare eli' eycarte ſou pa,
Quand l'affare v permet : autramen ne faut pa
Qu'elli s'eymancipei d'vn pa de promenada.

DIGVO.

I'entendo que touz eu la veilleyſon abada.

GIENA.

Quinta mare pot to auey louz eu pertout ?

DIGVO.

Cella qui de l'honou ſoignouſa tin lo bout
De l'eitachi qui ſert à ſa filli de brida,
Afin que deuan tou elli ſet plu liquida.
Regarda comme font le ſene du bourgoey,
Dequi prenon licion cele du vilagoey :
Tu vey que jour & not elle font ſentinella
Su lour fille, viran cey & ley la prunella :
De pou que quoque Clerc, maleytru ſubornou,
Crochetey à lour dan la ſarralli d'honou.

GIENA.

Lon at biau le ſognié, ſi la filli n'oppoſe
Sa vertu, v plaiſi que l'amour lhi propoſe :
I leiſſe chey ſu ley vn garçon abochon.

DIGVO.

Vn vilain cop ſourra eſt to fat à cachon.
Ah qui at prou afare à deifendre la breſchi,
Quand amour vou tirié ſon darrié cop de fleſchi :
Heirouſa qui la tin barriqua de vertu,
Puiſque tout ſon honou s'attache à ceu pertu.

GIENA.

Mal'heirousa qui trot v meina familleyri,
Auec ellou se rend comme pot & cueilleyri.

DIGVO.

Si nostra Margoton se leissaue attrapa?

GIENA.

Aussi tó pe lou peu i sariet arrapa,
I sariet charpena comm'vn cochon d'eytoupe:
Ie la treinarin tan v mitan de le loupe,
Que lhi perdriet l'enuey de se joindre de pres.

DIGVO.

Quand la piera est jetta, enuain on court appres
Per reteni son cop. Insi est d'vna filli,
Quand lhiat deizonora vna bonna familli,

GIENA.

Quand lhiat fat lo tran tran, la piera en ét jetta:
Son honou eychapa, ne se pot racheta.
Eill'iat biau eyprouua la collera d'vn pare:
Sa fauta per iquen jamey ne se repare.

DIGVO.

Veiqui perque mon cour transit per mou vergié,
Comme lou Marini reueyan lo dangié:
Pamoin per guaranti nostra via de l'outrageo,
E se faut eyforcie d'eyuita lo naufrageo.

GIENA.

L'encro dedin la mer jitta bien aperpo,
Tin contra tou lou ven lo nauiro en repo.
Insi per no teni tousiour en alegressa,
Elhi faut bien encra lo plomb de la sagessa:
Retranchie sez amour, sottez affection:
Et sur tout inhibi la frequentation.

DIGVO.

Resou te Margoton à ce que je t'imposo,

Puifque la reyfon vou que de ti je difpofo.
Ie volo que l'amour fet ton plu grand refu;
De pou que ton bon fen ne deuene confu.
Qu'à tou louz amoirou tu embrunchey la faci,
Comme no fat l'Hyuer, quand v couue fa glaci.
Que t'aye lez aureille eitopey contra tou,
Infi que la Serpen contra louz enchantou.
Que principalamen tu fuye, comma pefta,
Philin, à qui j'en volo: & de touta fa refta.

GIENA.

A qui je voudrin vey le tripe, & la ferra.

DIGVO.

A qui je baillirey de mon bafton ferra,
Si en façon que fet vl aborde ma grangi.

MARGOTON.

O granda cruauta à mon amour eytrangi.

DIGVO.

Tafchi de rejeta de fon cour lo tribut,
Afin que fou deyfi charcheifon autro but:
Autramen fen regret je te farey feuero.

MARGOTON.

Voftrou commandamen craintiua, je reuero:
Mais de graci aduifa qu'vn feruicio rendu,
A la recogneufanci à tort ét deifendu:
Philin lo plu genti de tou louz Allobrogeo,
Qui at lez aéion reigley comm'vn relogeo,
Et contra qui à tort voz eftez ombrageou,
Contra mouz ennemi s'eft monftra couragcou:
Car quand noftrou vergié, boey, pra, & payfageo,
Seruiron v Soudar de malheyrou paffageo,
Trey vilain affama, comme lou charoupié,
S'eyforçant de raui à la terra mou pié,

Ainfi

Affin de me rafla la flou que je conſeruo,
Ceu Bergié, contra qui vo volé que j'obſeruo
Voſtrou commandamen, du boey lo plu claſſi,
Accourut v premié eyciclo que je fi :
Auſſi tó à grand coup qu'v fit plourre ſur ello,
Sa vallou me rendit l'officio d'vn fidello :
Car maugra lourz eypeye eilli me deiliurit :
Adon de ſon amour ma rayſon s'enyurit :
Deipeu v mat touſiour teſmoigna, plen de creinta,
Que ſon ama d'amour eſtiet per mi eytreinta,
Et que ſon cour vuert ne me pouuiet trahi :
Pouo-je eujourdeu ingratamen l'hái ?
Veye donq s'il vo plai�t que ſi me faut reſoudre
A tala laſchetá, ren ne me pot abſoudre.

DIGVO.

Ie t'abſoudrey de tout, ſui ſouqua mon aui :
Ie volo qu'en ceu tem, qu'on te volliet raui,
V l'aye guaranti ton jardin du pilliageo,
V l'y eſtiet tenu, plu qu'autro du villageo :
Per ce qu'appres ſon pare v tin la via de mi :
Car quand l'Izera vn jour regorgeaue à demi
Sou buillon, & dedin ſez onde le plu ſale,
De Flora la mignarda i neyaue le ſale.
Philin, volan gaſa vn lieu trot gatillou,
Enfonſit auſſi tó, nageant comm'vn caillou :
Si bien qu'enſeueli deyja vl eytofaue
De leigua, qui dedin ſa gorgi s'engourfaue :
Mais mi tout habillia, v gour ie me ficki :
Et faſſan la plongetta, v ſon ie lo peichi :
A l'inſtant pendola per lou pied fit racailli :
Et pui je lo porti chié ſon pare en carcailli,

F

Qui ne m'en dicit pa solamen gramarci :
V contreiro deipeu d'injura v m'at perci
Appres tau bien receu : ô raci de vipero !
Autra part que chié vo alianci j'espero.

MARGOTON.

La pena du coulpablo arriue vz innocen.

DIGVO.

Vne meriton pa que no viuion ensen.

MARGOTON.

Lo garçon, per lo pare, insi pairat loqua.

DIGVO.

L'officio qu'v ta fat n'ét que coqua per coqua,
Voz esle quit à quit. Leissi lo donc allà :
Et puisse, que de leu set prou charamellà.

MARGOTON.

Lo Lyon v bien fat n'ét jamey insensiblo,
Insi e n'est de my : jamay je ne l'eisiblo :
Appres vo, à Philin je sceu si obligea,
Que jamey mon debuey n'en sarat deigagea.

GIENA.

Eyfronta, oze-tu no brauà de la sorta ?

MARGOTON.

Ah ! poura infortunà, je voudrin estre morta.

DIGVO.

Masqua si ton amour ne cede à ma reyson,
Ie farey retenti d'esclando la meyson.

MARGOTON.

A vostra volonta la miena je consacro :

DIGVO.

Autramen su ton corp je farey de massacro :
Si jamey je te trouo accompagna de leu,
Ie t'eyccruelarey la testa, comm'vn cleu.

GIENA.

Et si tu n'es dompta d'vna tala tempesta,
Ie te deyragirey tou lou peu de la testa.

ACTE SECOND
SCENE SECONDE.

MARGOTON.

O Filli deifola fu le plu deifoley:
Le 'joye de l'amour per mi s'en font voley.
La douci compagni de Philin interdita:
Ie feu den vn enfer fu la terra maudita:
Cellou qui m'ont donna la via me l'ont outà.
Cellou qui m'ont nourri m'ont deyfalimentà.
O barbaro paren, ennemi de natura,
V voftro voz vures la trifta fepultura:
Car enuers lour peti lou Lyon, & louz Our,
Lou Tigro, le Panthere, vnt mey que vo d'amour.
Vouz eftes plu cruel que la cruauta mefma:
Car per m'abandonna à l'ennemia extrema
Vo m'arrachié lo jour: non conten de celey,
Vo voles qu'en ma not s'eiclipfe mon Soley:
Qu'en ma perta Philin rencontreize la fiena.
Dieu voille (mon Bergié) que ma mort ne fet tiena:
Que l'inhumanita de mon fort, fu lo ten,
Ne boumiffe fon fiel per amarzy ton tem.
Plufto du ciel voutà tombeifon tou louz aftro:
Que fi per mon fubject t'aduin quoque deyfaftro,
Ah! que j'ay grand regret de ton cour amoyrou:
Qu'v fet intereffia d'vn matrat mal'heirou:
Ie plegno tou trauau, & non pa mon domageo:
Mais petit Archerot à qui je foey homageo?
Perque l'aftu meurtri per vn petit fubject
Que ne luy pot ferui que de funefto objet?

F 2

Perque l'aſt' embarqua en la mer, où je flotto!
Tu debuia autra part luy ſerui de Pilotto;
Puiſque de ceſteu flan egnat poin de bon port.
Hela! que ſarat to de mi ſen mon ſupport,
Que faray-je (laſſet) contra ſi grand trauerſa,
Afin que mon Bergié ne chaye à la renuerſa.
Non, non, eyet en vain que mou croyo paren,
(Impitou comme ſont ſu le flou lou torren)
Volon deytaſeye de mon Printem la rama:
V ne ſont que jitta d'hulo dedin ma flama.
Plu la Palma eſt chargea, plu elli s'agrandit:
Mez amour accabley auront meſmo creydit.
Si de coup rigourou lour ragi me ſurcharge,
Le playe de mon cour n'en ſaron que plu large.
Tant plu à ma conſtanci v faront lourz eyfort,
Tant plu lo fondamen de ma foy ſarat fort,
Si l'on pot empachié noſtre viſite ſaincte,
Ie faray qu'v l'ourrat mou regret & me plainte,
Si je lo pouo vey, mouz eu s'expliquaront,
Et mou profont deiſi luy communiquaront:
Et ſi per me priua de la clarta qu'v porte,
I me ſermon chié no le feneſtre, & le porte,
Ie farey vn pertu à trauer du chaſſit,
Où je deygrunarey lo mourtié plu maſſit:
Ie farey, comma fat, vna filli en Traclouſtra
Per gueytà ſon ami enfarina de poutra.
Cependant affligea d'vn regret infini,
Affin qu'v ſçache tó qu'on no vou deiſuni,
Ie voey de ceteu abro entana la pelailli,
Y grauan de mon cour la ſanglanta bajailli.

ACTE SECOND,
SCENE TROISIÉME.
PIERROT, MARGOTON.

PIERROT.

SEntiray-je toufiour la rigou du deftin?
Ne verray-je jamey amour en fon matin?
Ne pourray-je jamey adouci la cruella?
Qui commè lou raifin garrottà de veruella
Dedin fe chaine d'or me tin enuertoüilla?
Le larime, dont j'ay lo vifageo moüilla,
N'appeyfiron ti ren fon courrou, & ma geyui?
Si gnat point de gro ven qui ne cede à la pleyui.
Lo Solei n'ét toufiour de nieuoule cuuert,
Afin de regarda la terra de trauer.
La mer ne fat toufiour v vaiffeau la culeua.
Gnat poin de gran combat que n'aye quoque treua:
Mais contra mi ma bella eft toufiour en courrou,
Et me fat eyproua vn enfert rigorou.
Ie lamento, je crio, je plouro, je me fafcho,
Et jamey à mou mau je ne trouo relafcho.
O cruella beauta! t'és fen compareifon;
Car gnat point d'animau priua de la reifon,
Qui ne finte à la fin de fon parei l'atteinta;
Mais mauuaifi tu és, toufiour fourda à ma plainta.

MARGOTON.

Qui porte to fa voey d'vn pitoyablo fon
A mon aureilli gauchi? Ah! eyet vn garçon.

PIERROT.

Arrefta mon Solei : vou tu comm'vn eyloeydo,
Te perdre deuant mi, fitò que je t'ay veu.

F 3

MARGOTON.

Vou tu que lentamen mon chámin je dauoeydo,
Affin qu'on me tirey verchié no lou chaueu.

PIERROT.

Donna me s'il te plaict vn'hora de relogeo,
Per te dire lou mau dont je feu tourmenta.

MARGOTON.

Deipachi donc Bergié, deuan que je deflogeo:
Et per fini plufto, n'en di que la meyta.

PIERROT.

La meyta de mou mau, qui te font incroyablo,
Contin tou lou tourmen, qui font dedin l'enfer.

MARGOTON.

Si tu porte l'enfer, tu es plus eyfroyablo,
Que ne font lou Dragon tiran de Lucifer.

PIERROT.

Ta rigou en eft caufa: & mon mal'heur extrémo,
Procede de touz eu meurtrié de ma reyfon.

MARGOTON.

Si mouz eu font meurtrié tu as tort de ti mefmo,
Puifque tu va cherchant, en ellou ta poifon.

PIERROT.

La poifon que je chercho eft en ta bona graci:
Poifon qui de plaifi charme tou louz efpri.

MARGOTON.

La graci que t'aures, eft de la propra raci
De le ronze, qui font entre le flou s'en pri.

PIERROT.

Vou tu comme la ronzi, ore que je t'approcho,
M'oppofa louz euillon de tala cruauta?

MARGOTON.

Affin que mou paren ne men faffon reprocho,
Ie volo comma ley eftre fen priuauta.

PIERROT.

Tall'humeur n'apartin qu'à le Religioufe,
Qui per deueni turge eypofon vn Couuen.

MARGOTON.

Mon cour religiou, comme tallez eypoufe,
Fuit l'amour, & lo feu qui s'alume de ven.

PIERROT.

Lo ven de mou fouſpi, qui fat flappi la mouſſa,
Fondrat tes pa ta ney, ormi cela du tein?

MARGOTON.

Ceu malheur m'auindrat, quand lo ven de Chatrouſſa
Farat fondre lò glat où font lou Boucquetein.

PIERROT.

O cié que ſa freidou me caufe de fouffranci:
I'eſperò de la mort vn meillou traiɛtamen.

MARGOTON.

Deyfabufi pluſto ton cour de l'eſperanci,
Puifque lo men perti n'at poin de fentimen.

PIERROT.

Eftre fen fentimen eyet eftre vna fouchi,
Ou n'auei poin de chair v cour comm'vn caillou.

MARGOTON.

La fouchi ben qui fet infenfibla, la bouchi
Ne troue per iquen fa liquou que meillou.

PIERROT.

Mais en ti mon amour ne troue qu'amertuma,
Perce que contra mi t'es toufiour irrita.

MARGOTON.

Tu fça,y at long tem, que n'ét pa ma couftuma
De te donna lo miel, qu'vn autro at merita.

PIERROT.

Ie fçauo qu'à Philin tou regard fauorablo
Promettonce qu'amour at en fi de plu dou.

MARGOTON.

Perque donq impruden te ren tu miferablo

Per vn petit butin qui ne pot estr'à dou.

PIERROT.

Ma misera te ren de jour en jour plu fiera :
Et neantmoin en ti, je poursuiuo sa fin.

MARGOTON.

Si tu choque tousiour contr'vna mesma piera,
Tu sares reputà plusto lourdau que fin.

PIERROT.

Ie cogneuso à la fin qu'infortunà je choquo,
Contr'vn rochié qui s'ét à me plainte endurci.

MARGOTON.

Mais te ne cogneu pa que de ti je me moquo,
Et que ne preno poin d'ennemi à marci.

PIERROT.

N'as-tu poin de pida : tu vey que lo cié ploure
Du mauuey traictamen, que tu fa à mon cour.

MARGOTON.

Ie veyo que lo cié ne verse que le soure
De l'aigua que tu ba, attendan mon secour.

PIERROT.

Tu vey comma l'Izera aueq lo Drac s'accouble,
Per complaindre plu fort mon cour eyuanouï.

MARGOTON.

Ie veyo ben plustò que ton discour la trouble,
Et que lhi fust tousiour, afin de ne t'ouï.

PIERROT.

En tóu lou lieu tu vey que la terra fendille
Du regret de mou mau, afin de ten touchié.

MARGOTON.

La terra fendilla, te monstre que le fille
Se mocquon du tormen que t'a à bon marchié.

PIERROT.

Di souqua que trop chier me couste ma blesseura,
Deypeu que d'vn Vipero v cour je fu mordu.

MAR.

MARGOTON.

Ie diray que t'a fat, quant à cela morſeura,
Comme lou pleideyan font din lou pa perdu.

PIERROT.

Inſi lou criminel accuſon de lour crimo
Louz innocen battu, de pou d'eſtre blaſma.

MARGOTON.

Inſi lou malheyrou que tcombon din l'abiſmo,
Creyon que lo deſtin eſt cauſa de lour ma.

PIERROT.

Te ne po excuſa ta beauta printaneyri,
Puis qu'on ne la pot vey ſen brula tout deulon.

MARGOTON.

Tu ne dey virollié v tour de la lumeyri,
Si te ne vou mouri comme lo parpaillon.

PIERROT.

Comme lo parpaillon je mourray à mon eyſo,
Si ta bouchi me leiſſe aplata vn baiſié.

MARGOTON.

Ne t'imagina pa que jamey je te beyſo:
Vn autro ſentirat talle flou de roſié.

PIERROT.

Commanda à ta rigou, que per mon allegenci,
I me permett'au moin vn baiſié ſu ta man.

MARGOTON.

Mais ben que lh'acheuey de prendre la vengenci
De ta foli, adieu, parla juſqu'à deman.

PIERROT.

Atten inco inpo, enten je te ſupplio
L'autra meyta du ma, dont te me fa mouri.

MARGOTON.

N'atten pa ſolamen qu'à te plainte je plios
Aſſi ben je ne pouo en ren te ſecouri.

G

PIERROT.

Perque non fecouri ? fi ma granda conftanci
T'oblige tant fe po à y auey eygard.

MARGOTON.

Tu perd lo tem Bergié contra ma refiſtanci,
Car jamey de mouʒ eu tu n'aures vn regard.

PIERROT.

Adieu cruella, adieu, ma mort dedin fa couchi
Vat contenta touʒeu, & vengié mon amour.

MARGOTON.

Adieu plu importun, plu fachou qu'vna mouchi,
Ne poeiſſe-tu jamey me bordonna d'entour.

ACTE SECOND,
SCENE QVATRIE'ME.

PIERROT.

TV m'abandonne donq ingrata fugitiua,
　　Afin qu'vn defeſpoir à mon ama captiua
Faſſe tintamarra lo combat de la mort.
Orguilloufa beauta, po tu bien fen remort
Me laiſſié embarqua, afin que je me neyo
Din la mer de me plou; non, non, puiſque je veyo,
Que ton cour ne fe pot atten'ri, ni fleſchi,
Et que ta cruauta m'empache de trechi:
Ie volo tout à fit fecourre jouc, & joucle,
Brifie mou fert, me chaine, & tout ce que me boucle.
Ie volo triumpha d'amour, de ma reiſon,
Et de ma liberta, comme de ma preiſon.
Ton deydein at trepa mon offranda fidella,
Mais touʒ eu trouaron ma liberta rebella:
Car puiſqu'cillat deyja troua la cla du champ:
Que comme la perdri deuau lo chin couchan

I n'ét plu accapa, fa deymarchi fuperba
Pareitrat fu te ley, comm'vn Cerf deffu l'herba:
Eyet fat, eyet dit : celey eft refolu,
Sou vouley fu lou men ne font plu abfolu:
Mon cour n'at plu l'amour que je lhi affiermauo:
Ie l'haiffo deyya autant que je l'amauo.
Ie me mocquo de ley, & de tou fouz appa:
Fi fi de fa biauta que ne durarat pa:
I'eftin fou de redure vz aboey ma parola,
Per la beauta qui n'ét autra choufa qu'idola,
Ou que flou qui fe pert fito qu'eillet floria:
Beauta que je comparo à la pomma purria,
Qui d'vn biau vermillon cuure fa purritura:
Beauta qui n'ét qu'vn luftro emprunta de natura,
Qu'vn'imagi qui n'at d'eymablo que lo tein,
Que vanita enflà d'vn efperit autein,
Opiniaftro, inconftan, diabolicq, & fantafquo:
Beauta qui v venin contra no fert de mafquo,
Et qui creue d'orgueil, comme fit lo marpau:
Infi deffout le flou fe cachon lou crapau:
Malheyrou ét celleu que l'amour empoifonne:
Car tou fou plu biau jour fuyon quand v lou fonne:
V n'at pir'ennemi que la beauta qu'v fert:
Puifque fa cruauta s'en nourrit, & lo pert.
De mefme lo crapau traicle ma la montela:
Et l'aragna le mouche attrapei din fa tela.
Infi vn Papetié, qui din fou patillon
Attrapit l'autro jour lo diablo Retaillon,
Qu'vn Libreiro difiet auci dedin fe pate,
Se mocque du creitin qui la tefta fe grate:
Fuyon donc lo venin duz eu du Bafilic,

G 2

D'amour qui d'vn regard mon ama enforfelit,
Et luy faffon fçauey que je ne lo redoto,
Puifque la liberta me donne l'antidoto:
Non, non, je ne fçeu plu d'vn effan l'aprentit:
Ie ne refpiro plu qu'vn defi vengeatif,
Du meipri deidegnou receu de la glorioufa,
Qui en tout & per tout m'at eyta contreiroufa.
Autant que j'ay tafcha de luy fare plaifi:
Autant y trouarat contreirou mou deyfi.
Car fon grand ennemy ore je me deyclaro:
E contra fouz ami ma morgua je preparo.
Que veneyfe Philin, prendre fa caufa en man:
V verrat que je fçauo à l'auna de Roman
Mefura cellou qu'ont merita tall' eytofa.
Si jamey je lo pouo attrapà la galliofa,
Ie lo maffacrarey, non pa per jaloufi,
Mais affin que Margot moeyre de deyplaifi:
Lo veyci lo galan. ça, ça, à coup de franda,
Vengeon no du meypri qu'at receu mon offranda:

AGTE SECOND,
SCENE CINQVIE'ME.
PIERROT, PHILIN, ALIZON.

PIERROT.

BErgié, veyci lo tem, que deffour la Foreft,
Faut que de tez amour te paye l'intereft.
Deyfen te fi te vou, recroqua, para, guara,
Et fçachi que lo fiel rend touta faulfa amara.

PHILIN.
Ialou, te cogneuftres que je fçauo guinchié.

ALIZON.
Hai, hai, hai, en quin lieu me pourray-je cachié?

PIERROT.

Auala ceu boucon, tandi que je te macho
L'autro per te foulà.

PHILIN.

Cuuri te d'vn rondacho,
Autramen te fares la fin de Gauliat.

PIERROT.

Ie verray ben plufto de ton fang vn goulliat.

PHILIN.

Lo tieno rogirat à ton honto la terra :
Sçachi que lou gean fafion infi la guerra.

ALIZON.

Alarma, l'vn & l'autro at enuey de fe tua.

PIERROT.

Appren que contra ti je feu Guargantua.

PHILIN.

Si de Guargantua tu a chuzi lez arme,
I'ay celle de l'amour, qui lou plu fort deyfarme.

PIERROT.

Secondà d'vn bauard, tu és mal affistà.

PHILIN.

Inco qu'v fet efan l'hy pos·tu refistà ?

PIERROT.

Ie foey ben inco pi , car de leu je triumpho.

PHILIN.

Et mi deffout fe ley inceffammen je gonfo.

PIERROT.

Su fa gloeiry je marcho ore d'vn pied vainquou.

PHILIN.

Aragnou, fubornou, diffimulou, mocquou,
Perque de Margoton te nomme·tu l'efclauo,
Si amour fu ton cour ne parey lo plu brauo?

PIERROT.

L'aultà que lh'auin dreffia eft renuerfa.

G 3

PHILIN.

Perque doncq importun no vou tu trauerſa.

PIERROT.

I'ay jura retirant du joug de ſa poiſſanci
Ma liberta, mon cour, & mon obeïſſanci,
Que jamey i n'aurat plaiſi en ſez amour.

PHILIN.

Afin de m'anima ne faut que ceu tambour.
Ca, ça, per Margoton faſſon valey l'holetta.

ALIZON.

De l'eyſrey mou chaueu font leua ma caletta.

PIERROT.

Tu en perdres la via, ou je perdray lo jour.

PHILIN.

Ie te farey bien to quitta cetteu ſejour.

ALIZON.

Alarma, v ſe tuon, miſericordi, alarma,
Tout et perdu, mon Dieu, que ne ſçeu-je gendarma:
Si j'auin lo forchet du chuzi gro tarin,
Ie lou ſep ararin, ou j'y demourarin.

ACTE SECOND,
SCENE SIXIE'ME.

DIGVO, PHILIN, PIERROT, ALIZON.

DIGVO.

BAz arme, per le ſang, ſi l'vn de vou dou bouge,
I'en farey vn ſouppa à Pluton qui tout rouge.

PHILIN.

De graci leiſſie no vuida vn differen.

PIERROT.

Plu l'on vou empachid la courſa du torren,
Plu v l'et furiou : inſi j'enſli, j'enrageo,
Si to que l'on s'oppoze v feu de mon courageo.

Laiſſié me donqua fare : autramen per le mar,
Ie ferray comm'vn ſourd, ou comm'vn jacquemar.

ALIZON.

Ne lou laiſſie pa battre, e ſariet grand dommageo,
De laiſſié deyflori lo printem de lour aageo.

DIGVO.

Arme ba, vertu non, eyet trop marchanda,
Ie farey de boudin, ſi vo voz aborda.
Sçachon de que s'agiſt, afin que je vo metto
D'accord, comme dou dey : autramen je prometto
V Batellié d'enfer, que tou dou l'iri vey.

ALIZON.

Voſtra filli en eſt cauſa, v volles vo ſçauey.

DIGVO.

Ma filli : mais perque, louz at i mey en butta.

ALIZON.

Non ren, mais ſa bianta ſourſa de lour diſputta,
Lou fat comme Sergen arrapa v collet :
Per chouchié la polailli, inſi font lou pollet.

DIGVO.

Eyet ſe diſputa de la chapa du Moino.

PHILIN.

E faut qu'en ſon endret du reſpeƐt je me boino,
Afin que mon amour chié leu ſet bien venu,
Honorablo veillar, à qui je ſeu tenu
Du jour que vo m'aues donna deffour lez onde,
Me peichan den lo ſen de tale vacabonde,
Prenes en borna part que contr'vn auorton,
Ie teno lo parti de voſtra Margoton.

DIGVO.

Ma filli Margoton, ni mi, ni noſtra fina,
Ne t'en ſçauon pa gra : ne pren donc tant de pena.

PHILIN.

Ie ne merito pa que vo m'en ſçachi gra,

Mais quand la mort deburiet en fare fou chou gra,
l'expofaray ma via per vo, & per lou voftro.

DIGVO.

T'a biau fare jamay te ne fares du noftro.

PIERROT.

Son malheur & lo men marchon d'vn mefmo pa.

PHILIN.

Pot'eftre voftron cour ne ratiffie pa
Ce que feueramen voftra bouchi prononce.
Si celey ét mon ama à fon fouflo renonce.

DIGVQ.

Chaffi quand te voudres ton ama de ton corp,
Car mon cour, & ma voey, contra ti font d'accord.

PHILIN.

Non pa per me priua du bien que j'idolatro.

DIGVO.

Per dire que jamay ne fares mon fillatro:

PHILIN.

O fentenci cruella! vn foudro n'et pa tau,
Son fey deffu lo cour me peze cen quintau:
Mais perque vurifte vo à mouz eu la paupeiri,
Si voz aues enuey de m'outa la lumeiri:
Que ne leiffi te vo mon corp à l'abandon,
Quand l'eygua deyborda aueuglit mou brandon.
Ore je ne farin de la flama coifanta,
Et de la fiera mort, la proi languiffanta.
Mais lon at condampna mon amour innocen,
La mare at opina, Margoton y confen.
Que ne fçeu-je donc mort : terra, voudrin-je viure,
Maugra la mort, à qui fa cruauta me liure.
Non, non, jamay mou jour ne deuindron roillan:
Ie volo que la parqua auecque fe taillan
Cope vifto lo fi, onte ma via pendole,

Sus

Sus donq mon ennemi, que ma mort te confole.
Enfonci me d'vn cop de piera l'eftomat:
Acheua viftamen mon mal'heyrou climat.
Que tardes tu poltron : n'as-tu pas lo courageo
De foula ton enuey, & lo ma dont j'enrageo?
Pouffa pouffa de graci, enfonci de ton fer
Ceu corp qui de l'amour porte tou louz enfer.
Te refufe à la mort vn jufto facrificio :
Tout'ore mon cotel en farat donq l'officio.

ALIZON.
Tobiau Philin, la mort ne te pot fecouri.

PHILIN.
Perque me voles vo empachié de mouri.

PIERROT.
Son ma me touche v cour, è faut que je l'affifto,
Ceffa de t'affligié, Bergié, je me defifto
De l'animofita, & de l'aduerfita
Que j'auin contra ti en ta neceffita
Ie te volo ferui : accepta donq lo changeo,
Que je foey de la haina, à vn amour eytrangeo.

PHILIN.
Tu n'a que trop d'enuey de rire à mou deypen.

PIERROT.
Ie volo auey lo corp centuria de Serpen,
Si j'ay autro deffein que celleu de te plairre :
Crey donq que lo paffa deffout mou pied s'enterre;
I'ay fouhaifta ton ma : mais ore lo rebour :
Car ie voudrin deyja vei touchié lou tambour,
Et tou louz inftrumen anima d'alegreffa :
A l'honou de te nopce auecque ta maiftreffa.

PHILIN.
Qu'eyto que tu me di

PIERROT.
Que per ti je voudrin

H

Entendre lou vioulon, non pa lou pelerin
Meneitrié d'Auignon, qui v tem que neuuche
De lour groz Oliuié ont apporta le ruche
Per gratufié lou bieu : & de qui à cachet,
Lo deffu de trop d'huilo engreiffe fon archet :
Si bien que mieu que leu lon ot vna finfogni.
Mais Gilibert qui at de bona galafogni.

PHILIN.
Tu me fouhaite vn bien dont je feu deybotta.

PIERROT.
Mais pluftó per montá a chiua t'es botta.

PHILIN.
Bon per lou courtizan qui v tem de la crottá
N'ont chiua, ni cauala, & ont toufiour la botta.

PIERROT.
Bon per ti, car vn jour tu fares bien montà.

PHILIN.
Ton difcour trop flattou ne me pot remontà.

PIERROT.
Affeura te du bien qu'vn bonheur te prepare.

PHILIN.
N'as-tu pa entendu ce que m'a dict fon pare ?

PIERROT.
Que te chauto du pare v mondo fuperflu :
Maque t'aye Margot, que defire tu plu ?

PHILIN.
Hella pourray-je crey que mon riuay fe range
A mou defi ? eyto poffiblo que mon ange
Me faffe en fon printem vey lo jour clar & net ?

PIERROT.
Den cel'abro chifra regarda ce qu'en ét.

Philin lifant vn quatrain de Margoton.

Iamei la terra n'at du laurié la deypoilli,

Et jamey louz Hiuer ne changeon fa collou,
Infi de mon amour je conferuo la foilli,
Et maugra mou paren Philin aurat la flou.

PIERROT.

Regardà de plus pres : cogneu tu cella marqua?

PHILIN.

Veremen j'ay fubject de rire de la parqua,
Car fon nom & lo men y font entraficha.

PIERROT.

Infi vn jour enfen vo vo verri coucha.

PHILIN.

O agreablo chifro! è faut que je te baifo,
Et ti qui m'a donna la meyta de mon aifo,
Permei que je t'embraffo, auecq cen gramarci
Du bon fecour que j'ay de ta bonna marci.
Ta courteifi m'oblige à la recogneuffanci :
Du moin de volontà, fi je n'ay la poiffanci.

PIERROT.

Metton metton deffu, tréua de complimen,
Ton amitié fuffit per tout mon paimen :
Suffit que confidan de tez amour, fen vicio,
Ie te faffo jouï du fruct de mon feruicio.
Et que tu daigne vey, que gnat ren d'hazardou,
Que je n'entrepreneifo, v proffit de tou dou :
Margoton confentan, egnat ren d'impoffiblo.

PHILIN.

Iamey je ne farey v bien fat infenfiblo.

PIERROT.

Eyet pro dict : allon en quoque cabaret
Neyé tou noftrou mau dedin lo vin claret.

PHILIN.

Alizon je te fuiuo, é faut que je confero
De mon bien, auer leu qu'vz autro je prefero,

Accusaz en l'amour : ou m'excusa plustò
Enuer Madama, à qui je me rendrey tantò.

ALIZON.

Ne demora donc gueyro : ô funesto messageo,
Toute cettez amour n'ont point de bon presageo.
Ie creyo que Philin abusia de Margot
Ne voulant de dou corp fare vn joult fagot
Auecque nostra meytra, eymouchirat la guerra :
Guerra que lhi farat baillie du na en terra.
Madama, d'autro flan eysuta comm'vn pit,
No farat ressenti l'hyuer de son deypit.
Pamoin que qu'arriuei, faut que je luy appreno
Lo po d'espoir que j'ay de ce que j'entrepreno.

ACTE TROISIÉME,

SCENE PREMIERE.

LA DAME.

ALizon, que dis-tu de ce gentil Berger ?
Crois-tu qu'à mes desirs je le puisse ranger ?

ALIZON.

Ma fey non, car son cour ne se pourrat pa rendre,
Ie trouo Montmeillan moin difficilo à prendre :
Car d'vn roc de constanci v fat son fondamen,
De sa foi, bastion loin de commandamen.
I'ay veu de son amour la Bastilli si forta,
Que je ne creyo pa que voz y troui porta.
Toutefey egnat point d'amour si bien fonda,
Qui ne set à la fin d'vn plus fort eybranda.
Insi que gnat rochié que ne creigne la mina,
Ny Villa que ne set prenabla per famina.

LA DAME.

Il ne sçait pas encor le pouuoir de mes yeux,
Peut-estre que l'amour, le plus puissant des Dieux,
Luy ayant dessillé son aimable paupiere,
Le fera promptement ranger sous ma baniere.
Outre que sa Bergere, empeschée à tromper
Les yeux de ses parents, ne le pourra piper
Ainsi qu'elle faisoit : car leur rigueur extreme
Luy defend de parler à Philin : voire mesmes
D'escouter ses discours. Heureux commencement!
Ie pense que l'amour, pour mon contentement,
A rendu ces vieillards d'vne humeur si seuere,
Pour me faire jouyr du bon-heur que j'espere.
Tandis l'occasion prinse par les cheueux,
Me fera obtenir de luy ce que je veux :
Mes yeux me fourniront d'assés puissantes armes,
Pour sousmettre son cœur au pouuoir de mes charmes.

ALIZON.

Inco que vostrouz eu sont plen d'enchantari
Ie trouo que gnat poin de meillou battari
Que cela d'vn banquet qui louz esprits enjole :
Ou que de l'emborli d'vn plen pun de pistolle.
Vo sçaues qu'vn festin engendre passatem
Et que l'argen sur tout fat tout ormi biautem.

LA DAME.

Pour soulager les maux de mon ame blessée,
Il faut que Margoton ne soit en sa pensée :
Et l'obliger si bien par vn bon traictement,
Qu'il n'ait point d'autre but que mon contentement.

ALIZON.

V sariet vn vray sou si vne preseraue
Lo melon à la courda, & le carde à le raue,

L'artichau, v chardon, lo pan blan, v roffet,
Et la perdri, v bo, lo satin, v bizet,
Ou ben lo marroquin de Flandre, à la bazana :
Celley s'enten de vo à vna païsana

LA DAME.

Si ce Berger fçauoit le bien que je luy veux,
Il n'auroit tant tardé à m'addreffer fes vœus.
Et quoy que Margoton foit parfaitement belle,
Si l'aurois-je forcé à luy eftre infidelle :
Ainfi recognoiffant que l'amour n'eft qu'vn jeu,
Il tourneroit la chance, & changeroit fon feu.

ALIZON.

Inco que l'amour fet vn jeu de carabaffa
Voftra jurifdiction hauta, moyena, & baffa,
Voftron pouei qui fat trembla voftrou vaffau,
Voftra beauta que pren tout v premié affau :
Auec voftre richeffe ont fi grand aduantageo,
Que per voftrou plaifi vou l'auri en hoftageo.

LA DAME.

Mais il demeure bien : d'où vient que fi long temps
Il retarde les fleurs & le fruict que j'attends.

ALIZON.

Appres s'eftre battu, tant d'eyfat que de gailli,
Auec Pierrot v lét alla fare gogailli :
De façon que faffan lo proffit de lour corp,
Su l'ou veyro & lou pot v fignon lour accord :
Iqui en beuoillan, de parola en parola
Vl endormon lo jour auecque lour chichola.
Lo tem ne dure pa à ceu qui fu vn plot
Affetà chié Saumur, fat quoque bon complot
De l'amour, comme font louz efan de le Mufe :
Veiqui comman Philin v Cabaret s'amufe.

LA DAME.

Ie voudrois de bon cœur, que par nouueau Edict.
Le cabaret encor à tous fuſt interdit.

ALIZON.

Egnat plu poin de thon, prey dedin la filochi,
Per fare rebaillié v Patiſſié talochi.

LA DAME.

En ce temps les Amants auoient plus de plaiſir,
Car ils ne perdoient point de temps, ny de loyſir;
Rien ne diuertiſſoit l'object de leurs penſées,
Qu'vne agreable humeur auoit intereſſées,
A conſeruer l'honneur d'vn parfait entretien :
L'amour eſtoit pour lors noſtre ſouuerain bien.
Mais maintenant Bacchus remis en ſon Empire
Diuertit ce Berger, pour lequel je ſouſpire,
Le deplaiſir que j'ay ne peut eſtre exprimé,
De voir l'Arreſt du thon à grand tort ſupprimé.

ALIZON.

Si lo petit Bonnet ſe mordiſſe la lengua,
Quand du Cabareitié v prononcit l'arengua,
Lou drapiau de Baccus ne ſariont deſpleya :
Ni chié lou Patiſſié lo tem mal empleya.
Lou malado d'amour, v pot de trey picotte,
N'irion prendre lo tein de le prune baccotte.
Senten, per ſe gari de l'amour inſenſa,
N'irion v Cabaret, comme Chieure à la ſa :
Mais lo veici que vin en granda diligenci,
Ore de la langou prené voſtra vengenci.

LA DAME.

O Dieux ! de ſon abord mon cœur eſt ſi ſurpris,
Que la confuſion trouble tous mes eſprits.

ACTE TROISIÉME,
SCENE SECONDE.
PHILIN, LA DAME, ALIZON.

PHILIN.

PErdonna me Madama, ſi juſqu'ore
l'ay demoura à m'arroza le lore :
Ie ſeu marri de n'auei plu coitou
Executa voſtron voley ſur tou.
Mais vo ſçaues que chacun ſe diſpenſe :
Inſi qu'on diſt : qui at affare y penſe.

LA DAME.

A l'innocent ne faut aucun pardon,
Éſtant nauré des traicts de Cupidon :
La gueriſon de ton ame bleſſée
A deu (Berger) occuper ta penſée.

PHILIN.

Sen vo deyplairre, è n'ét pa du tormen
D'vn amoyrou, que vin mon peſſamen :
I'ay d'autre chouſe embaraſſia la teſta,
Sur qui l'amour n'at point fat de conqueſta.

LA DAME.

En vain, Philin, tu te cachés à moy,
Celle qui ta rangée ſous ſa loy
A publié ſon aymable conqueſte.
Ta paſſion, encore que diſcrete,
Ne peut cacher ſon feu dedans ton ſein.
Ie ſçay, Philin, où viſe ton deſſein.

PHILIN.

Vo ſçaues tout Madama, je ne pouo
Cachié v mondo vn feu qui n'ét pa nouo :
Yat long tem que je charſo mon cour,

D'vn

D'vn boey bien sec, v deipen de l'amour.

LA DAME.

Le subject est beau, & de bonne grace :
Mais il est froid, & gelé comme glace.

PHILIN.

Lo Soley donq et de son naturel,
Car sa freidou brusse lo temporel :
Lo Soley pren du jalandro l'vsageo,
Et neantmoin l'eyclat de son visageo
Donne à la terra, icy tant de chalou,
Que lon en vet neisse toutte le flou.
Margoton qui v Soley je comparo,
(De qui mon cour jamey je ne separo)
Freida delley toutta compareison,
Se barriquant du fort de la reison,
N'at point d'amour, neantmoin eill'en donne:
Ie sçauo trop que sa rigou ordonne
De ne leissié jamey fondre son glat,
V feu que j'ay receu de son eyclat.
Pamoin, inco que sa fret me tourmente,
De son Soley ma terra s'alimente.

LA DAME.

Philin, Philin, tu serois beaucoup mieux
D'abandonner l'esclat de ses beaux yeux,
Pour quelque object qui ait plus de merite;
Quoy que l'amour bien souuent nous excite
D'aymer le beau : quelque fois la raison
Veut que les biens soient sans comparaison,
Plus estimés que n'est vn beau visage,
Tu dois, Philin, prendre ton aduantage.

PHILIN.

Mon aduantageo et en ma Margoton,

La possedan, me chau pa d'vn botton
D'estre sen bien.

LA DAME.

Mais cependant je pense,
Que tu deurois auoir quelque esperance,
De secoüer bien tost ta pauureté.
Cognois-tu pas que tu as merité
D'estre esleué à vn' haute fortune ?

PHILIN.

Excusa-me, j'amarin mey de prune,
A mou repa, auec vn po de pan,
Vray alimen du seruitou de Pan.

LA DAME.

Mal-aisement pourrois-tu de la sorte
Passer tes ans; tel traictement n'apporte
Rien que chagrin, outre qu'on ne voit pas
La propreté en semblables repas.

PHILIN.

Le pore gen sont plu net que lou richo.

LA DAME.

Oüy, de l'argent.

PHILIN.

Du corp comme j'afficho.

LA DAME.

Mais n'auoir rien c'est estre mal-heureux.
La pauureté ne fait point d'amoureux.

PHILIN.

Inco qu'i set poura du bien du mondo,
N'estant tacha d'aucun deyfaut immondo,
E' gnat tresor qui vaille sa vertu.

LA DAME.

Il est vray: mais dis-moy, que serois-tu ?
Si deux beautez s'offroient toutes semblables
Ieunes, sans fard, toutes deux agreables,

L'vne eſtant riche, & l'autre n'ayant rien,
Quelle des deux auroit ton entretien ?

PHILIN.

La poura inco qu't ſariet ſen chamiſi,
Per l'empara quoque pò de la bizi.

LA DAME.

Et ſi l'autr' eſt vne Dame d'honneur,
Qui de Berger te peut rendre Seigneur ?

PHILIN.

Laqualla ?

LA DAME.

Moy.

PHILIN.

Vo ?

LA DAME.

Oüy.

PHILIN.

A Dieu ne plaiſe,

LA DAME.

Que ton cœur ſoit ennemy de ma braiſe.

PHILIN.

Qu'outrecuida j'y penſo ſolamen.

ALIZON.

Enfla, Bergié, ton courageo autramen.

LA DAME.

C'eſt trop couurir vn feu deſſous ſa cendre :
C'eſt à ce coup, Philin, qu'il ſe faut rendre :
C'eſt à ce coup, que receuant mes loix,
Ton amitié doit faire vn plus beau choix :
C'eſt à ce coup que mon ame embraſée,
Rendra la tienne eſgalement bleſſée :
Et que je dois doucement t'engager
A mon amour, qui te veut obliger.

I 2

PHILIN.

Vo me prenes icy per vn fantofme :
Celley ét bon à ceu fou Gentil'home,
Ceu Cheualié Sauoyard biguarra,
Qu'at fat trambla le foille à Poncharrä :

LA DAME.

Si tu fçauois la grandeur du martyre
Qui fans ceffer fait que mon cœur foufpire,
Tu ne croirois qu'on fe mocquat de toy :
Et puis qu'amour m'a foufmis à fa loy.
Il faut, Philin, que mon ame contente,
Ne fouffre plus en cefte longue attente :
Si je t'ay fait venir par Alizon,
C'eft pour t'offrir les biens de ma maifon :
Pour te monftrer que mon amitié fainɗe
T'efleuera, fi efcoutant ma plainte,
Tu as pitié du mal que je reffens :
C'eft abufer trop longuement mes fens :
Que ta froideur ne me foit plus fufpeɗe.

ALIZON.

Tu vei comman fon amour te refpeɗe.

PHILIN.

Ie veyo prou que vo vo gatillié
Per rire ; car comme lou Cordellié
Duppon per tout lou Miniftre de Franci,
Vo me voudria mettr'en talla fouffranci,
Ne fçachant pa rabatre voftrou clou :
Mais vo n'aues pa trouua voftron fou.

ALIZON.

Prene lo vifto v glun de voftra bourfa :
Vn bon moufquet ne pot tirié fen mourfa :
Infi fen l'or qui no fat eytirié,
Dediñ fon cour vo ne pouues tirié.

LA DAME.

Philin, c'est trop s'obstiner incredule,
Ta meffiance est vn peu ridicule:
Non ce n'est pas pour troubler ton repos,
Que si long temps j'ay tenu ces propos:
Mon amitié sans fard, & sans malice,
S'exposeroit plustost à vn supplice.
Et t'asseurant de mon feu innocent,
Tu peux, Berger, receuoir ce present.

PHILIN.

Per m'attrapa vo me tendes ceu piegeo:
Mais per fui, j'ay lou dou pied de liegeo:
Mocqua vo ben, è met indifferen:
Pa moin cachié que vo me tene ren.

ALIZON.

Arreyta te, comme font lez auille,
Ou comme sont le plu farouge fille
A ceu tintin agreablo metay:
Mais que sert to de feri du battay
La clochi d'or, puisque comme lez ame
V fut tan mey la clochi lo reclame.

LA DAME.

Doncques tu fuis, doncques mon amitié
Sera mocquée: ah, Dieux! que la pitié
Mal aisément dans vn esprit rustique
Se peut loger: sombre & melancolique,
Ie ne sçay pas où je me dois ranger.
L'affection que j'ay à me venger
M'oste des mains les moyens de vengeance:
Ie le voudrois: mais quoy? quelle apparence
De se venger d'vn Berger si parfaict?
Dois-je laisser impuni ce forfaict?

I 3

Non : il aura la peine meritée :
Il apprendra qu'vne femme irritée,
Dans sa fureur ne se sçait moderer.
Cruel Berger, qui deuois reuerer
Ma passion, tu treuueras ta perte
Dans ton refus, ma rayson recouuerte,
Te fera voir ce que peut mon desdain.
Iamais chasseur ne poursuyuit vn Dain
'viuement, que mon ame offencée
poursuyura. Mais où va ma pensée ?
.e se perd dans la confusion,
Où l'a jetté l'aueugle passion,
Que ce Berger a fait naistre en mon ame.
Comme je veux esteindre cette flame,
Lors sa beauté se presente à mes yeux.
Mais cependant cognoissant que les cie
M'ont fait souffrir sa rigueur inhumain,
Il ne sera que l'object de ma hayne.

ALIZON.

Appeysié vo, eyet pro tempesta,
E faut inco vn po lo respetta.
Ceu folinel ne charche la deitourba
A son bon heur, que de pou d'vna fourba :
V crain lasset l'amour dissimulou,
Comm'vn Bergié le finesse du lou.
Quant à celley, è gnat point d'apparanci,
Que de plain saut v fasse conferanci
Auecque vo, ni qu'vl aille duper,
De pou d'entra v jeu qui gaigne pert.
Veyé que si la bella procurousa
D'vn regrollié deueniet amoyrousa,

Lo regrollié tout cuuert de tacon,
Su ſa perdri ne fariet lo faucon,
De pou d'auey charat deſſu la teſta,
De ceu qui fat trop empla ſa requeſta.
A plu de cauſa, vn Bergié de ba lieu,
Ne det tentà la jalouſi d'vn Dieu,
Senten qu'à vo, qui aueq le colade
De Iupiter, merita lez eüillade,
Ne det penſa, ou fare louz eu dou,
Qui du cour ſont lou vrayz Ambaſſadou.
Excuſa donq ſa fuita legitima.
Temerita n'ét jamey en eſtima.

LA DAME.

Ayant perdu l'objeƈt de mes amours,
En vain l'on veut m'apporter du ſecours.

ALIZON.

Ie ſçauo ben qu'eyet chouſa fachouſa,
A vn chaſſou, qui d'enuey affichouſa
Pourſuit vn Cerf, ſen pouuey l'attrappa.
Talou Chamoey ſont de mau arrappa.

LA DAME.

Comme celuy, qui d'humeur trop farouche,
Ne peut ſouffrir que mon amour le touche.

ALIZON.

Gnat animal, Our, Lyon, ou Senglar,
Que Cupidon ne prenn' en ſon fillar,
Qu'v n'appriueyſe inco que plu farogeo.
A l'engraneura on pren tou lou pied rogeo :
Inſi gnat poin de garçon agranà
D'argen, d'eüillade, ou de quoque diſnà,
Qui à la fin euiteiſe la tuna :

Philin aurat pareilli la fortuna:
No louron pro, queyfié vo folamen:
Mais en douciou traiſta lo jolamen,
Ne faiſtes pa la mina d'vn groin maigro:
On pren de mouche v miel may qu'v vinaigro.

LA DAME.

A ce confeil je me veux conformer,
Pour obliger ce Pafteur à m'aimer.

ACTE TROISIE'ME,

SCENE TROISIE'ME.

PHILIN, PIERROT.

PHILIN.

Fidello compagnon, mon confidan vniquo,
A qui tou mou fecret d'amour je communiquos,
Ie ne defiro plu te teni en ceruel,
Tout ore tu fçaures ceu prodigeo nouuel.
Noftra fuperba Dama, à qui noftra valea
A fat hommageo liegeo, eujourdeu à l'alea
De fon jouli jardin cuuerta d'Oulagnié,
Me faſſau vn prefen d'or à plene pugnié,
M'a pria d'amourette, auec tout l'aduantageo,
Qu'vn mariageo pot donna en fon frutageo:
Mais mi qui ne voulin, de l'infidelita,
Donnà à mon amour la traiftra qualita.
Feignan que je prenin en raillari communa,
L'offro qui me fafiet d'vna tala fortuna,
I'ay fauuà mon pacquet fu le fole du pié,
Comme fi j'ofs'eyta attaqua d'vn gueypié.

PIERROT.

Si d'vn parei difcour fa fauou me fondaue,
Ie moeyro fi l'amour auffi to ne brandaue:

Noftra

Noſtra Dama te vou, & tu fai l'eymurti,
Ah! que ne me fat i ſemblablo lo parti.

PHILIN.

Ie voudrin que t'oſſia ceu bien que je reuocquo,
Et mi de Margoton lo ſecour que j'inuocquo.

PIERROT.

Pleſt'à Dieu que ſon cour, doucimen penetra
D'vn regard amoirou, me donniſſe l'intra.
Ie ne perdrin pa tem à ce que je me brougeo :
Car je battrin lo fer ſito qu'v ſariet rougeo.

PHILIN.

L'affare ſariet fat, ſi je me fuſſo poi,
Sen trahi Margoton, diſpenſa de ma foi.

PIERROT.

Gnat foi, ni ſeirimen, que contra la natura
Me fiſſe rejetta lo bien de l'aduentura,
Si j'oſſo eu ton bon heur. Mais vn amour priua
N'arriue qu'à çelleu qui lo leiſſe ſauua :
Inſi tandi qu'vn chin contra ſon ombre jappe
Dedin l'eygua, ſa proi inuiſibla s'eyſchappe.

PHILIN.

Ie leiſſo tout alla per prendre Margoton,
A qui mou jour fila deuon lour peloton.

PIERROT.

N'ayant pa Margoton tu t'amuſe à l'idola,
Tandi loing de ton corp, ton eſprit pren la vola.

PHILIN.

I'amo bien m'amuſié à l'idea que vin
Reſioüy mon eſprit : car i me reſſouuin
De la granda biauta de cela que j'adoro.
Son ombra at de rayon ſi jauno que j'en doro
Mon ama jour & not. De meſme s'embelit
Du rayon du Soley la Luna qui palit.

K

Si bien que je ne pouo emprunta la lumeyri,
Que de cela que m'at eyclara la premeyri.
Gnat point d'autro Soley que me poeiſſe fourni
De clarta, de chalou, & d'amour infini :
Non pa Iunon, Pallas, ny Venus deycouuerta,
Quant inſi qu'à Paris i me farion l'offerta.
Margoton qui ſur elle at lo pri de beauta
Soletta m'entretin: car quand la cruauta
De ſon abſenci ren toute le Foreſts ſombre,
Ie la veyo touſiour à trauer de lez ombre.

PIERROT.

Veremen eill' ét bella, agreabla, gentia,
I pot fare eytirié la pel plu rebutia.
Mais tout conſidera, amour perd ſa racina
Sitò que gnat deque eychauda la cuſina.
L'on dit que bella ſena ét lo miray d'vn fou :
E' qu'en moin de trey mey ſon home en deuin ſou.
Perceque quand gnat ren de chau din la marmita,
Lo malheirou deuin creitin comm' vn Hermita.
V lieu de ſe baiſié, l'vn & l'autro ſe bat :
Et ſe reprochant tout ſont touſiour en deybat.
V contreiro l'on vet tou lou plaiſi en danci,
Quand v trouon deque ſe rampli bien la panci :
L'vn & l'autro ſe baiſe, auec tou louz accord,
Que l'ama d'vn viuan at auecque ſon corp.
Pren donq en bonna part ami que je te diſo.

PHILIN.

Briſon ſu ceu propo, den ton ama je liſo,
Si j'ay la Margoton, lou treſor me ſuiuront :
De ſou regard mon cour, & mon ama viuront.
Ie ne volo que leı. Pren l'autra auec ſa bourſa,
Pot-eſtre, à tou plaiſi ı ſeruirat de ſourſa.

PIERROT.

Ie feu donqua d'aui d'hazarda lo paquet,
Lhi fafan vn prefen de quoque biau boquet:
Adieu jufqu'v reuei : je voey tenta fortuna.

PHILIN.

Poiffe-tu deytourna fa recherchi importuna.

ACTE TROISIÉME,
SCENE QVATRIÉME.

PHILIN.

ME veici tout folet , loin du mondo & du brut,
Su l'agreablo bord d'vn pitoyablo rut,
Qui parlan de l'amour, en fon plu dou ramageo,
Vifite lo jardin de cela que j'homageo.
Petit rut qui non plu que mi ne po dormi,
Qui porte ton fablon v Drac ton bon amy;
V a dire à Margoton ce que mon cour endure,
Reprochi lhi lo tem que loing de ley me dure.
Mais je m'addreffo mas mon ma te fert deybat,
Et tu fa tou meffageo infi que lo courbat :
Car publian per tout lo plaifi de ta courfa,
Tu n'en tourne jamey dire vn mot à ta fourfa :
Ah! fi quoque colomba entrepreniet cecy,
Son retour affeura bien to fariet icy.
Peti chantre d'amour monftra vo donq plu fageo
A fare promtamen ceu fidello meffageo,
Trafora vifto l'air, allant & reuenant,
Affin que cefteu jour ne me dureiz vn an:
Mais vo voz amufié à foilleta le bronde,
V o vo mocqua de mi, comme ceu rut qui gronde,
Voz iri autra part dire voftre chanfon,
Ma franda ronflarat contra vo d'autro fon.

K 2

Ah! ſi je vo tenin, vo ſaria tou en l'ato.
Champeyan louz izeu, en eſan je folato.
Eyet vray qu'vn eſan ne vou qu'vn autro eſan :
(Ie parlo de l'amour de mon cour triumphan)
L'eſan m'a fat eſan, à fin qu'apres ſa mare,
Ie plouro per auei lo plaiſi qui ſçat fare.
Amour que tou voley ſur mi ſont abſolu :
Car à ce que tu vou me veici reſolu.
Tu vou que je te ſuiuo, eyet ce que je volo.
Toutefei tu ne vou qu'auecque ti je volo.
Que ne me preite-tu tez ale per vola.
Chié cela qui mon cour & mon ama at vola?
Mais là tu ne le vou preita qu'à me penſeye :
Cependan ma langou icy ſe deyſeceye.
Grand pin qui ſurpaſſa lou rochié ſorſillou,
Qui aues triumpha du delugeo orguillou,
Souffres que deſſout vo, où lez ombre ſont peinte,
Ie ſoulageo ma pena, v moyen de me plainte.

plain te.

Ah! l'Echo me reſpond, toucha de ma langou.
Nympha qui de ma voey emprunte ta vigou :
Ie me pleigno dis ſort qui braſſe trop d'injura.
A ma foi, qui jamey ne ſe rendrat parjura.

jura.

Ie juro que jamey mon cour ne changirat,
Pluſtò cetteu rochat ſen piera ſe verrat.

ſe verrat.

Se verrat que je ſeu fidello à ma Bergeiri.
Qui ne punit to pa l'inconſtanci legeiri?

geiri.

Geiri, de chié qui vin lo buro repatà,
Sert touſiour de retraicta à l'infidelità :

Car toute ſe Bergeire ont trop de plum' en l'ala :
Teſmoing lo changimen de Iana Mareichala,
Mais entre lou vilageo, & ſu lo quau que ſet,
On troue la conſtanci v lieu de Pariſet.

à Riſet.

A Riſet, ma Maiſtreſſa y at prey ſa naïſſanci,
Et mi à Pariſet, granda rejoüïſſanci,
Que la coñſtanci ſet chié Margoton mon jour.
Que pot on vey de plu en ſon heirou ſejour ?

jour.

Eyet vray que la not n'y pot prendre lo creppo,
Comm' v lieu on te ſont le fille de V oreppo,
Perceque mon Soley y lut ſi claramen,
Que l'obſcurità n'ét qu'en ſon eſlognimen.
Mais dis me (ſi te plaiſt) ſi ma fortuna ét belld,
Inco qu'à la grandou mon ama ſet rebella.

bella.

Arrié donq cela Dama, & ſouz eycu mignon :
Car lo ciel ne vou pa que je ſeruo Iunon.

non.

S'oppoſe qui voudrat, puiſque l'amour m'emparé.
Gnat cop ſi contreirou que Margot ne lo pare.

è lo pare ?

Lo pare veremen at per nò tant de ſiel,
Que noſtron ſainct amour ne troue point de miel.
Sa cruautà me donne vna fouſſa per ſena.
Vou te pa neu la not comme la ratapena ?

ta pena.

V men vou accabld : ceu fay brize mouz o.
Qui ét to qui pourrat me lo leua du do ?

Dudo.

Dudo ét de la man, du pied, de la parola,

K 3

Si gobio qu'v ne pot m'affista en ma jola.
Enfeigni me quoqu'vn d'icy à Sainct Eynard.
Qui de mon polaillié chaffeife lo Reynard.

Reynard.

Reynard mon bon amy pot vfa de fineffa,
Affin de garanty de la mort ma jeuneffa :
V pot à tout malheur fare fi à perpo
La guinchetta, qu'vn jour je farey en repo,
I'attendo donq de leu ma fortuna profpera,
Comm' vn chaffou qui ét jour & not à l'efpera.

efpera.

I'efpero que lo pare amolirat fon cour,
Cependan je voudrin auey quoque fecour.

cour.

Où courray-je, laffet ! fi je n'ay point de guida ?
Diana n'at jamey la conduita liquida :
Ie ne veyo que chano, ormo, fayard, & ti.
Mon agreablo jour ét to ren darrié ti ?

darrié ti.

Darrié mi, du chouchan vet ton leua l'Aurora.
Ah ! la veyci que vin fen nieuola, fen ora.

ACTE TROISIE'ME,
SCENE CINQVIE'ME.
PHILIN, MARGOTON.

PHILIN.

MA rofa bottonna, mon œillet eybandi,
Ma tulipa, ma joey, mon tout, mon paradis
A poinct nomma te vin fecouri ton fidello
De ta prefenci, qui v jour fert de modello.
Qui te fat to venì en cetteu lieu cuuer,
Qui jamey du Soley n'at veu lo groin vuer ?

MARGOTON.

L'accen qui du rochat triStamen resonnaue,
M'at enseigna lo lieu où ta voey s'enfornaue,
Où t'és plu haut que n'ét l'Hermita Capuchin :
Aussi tò j'ay laissia à la garda d'vn chin
Mon tropel, per sorty de mon inquietuda,
Et per te retirié de cetta solituda.
Deycendon, car j'ay pou du rauageo du lou,
Là bà den ceu valon, en deypit du jalou,
Tandi que lo màtin farat sa sentinella,
No pensaron comman la feSta solemnella
D'vn mariageo sainEt , se pourrat celebrà,
Suiuant noStrou dessein que l'on vou encombrà.
Là bà je te diray touta noStra trauersa :
Trauersa que charrat vn jour à la renuersa.

PHILIN.

Ie te diray auoey comme j'ay fat lo sourd
A vn' autra biautà, que m'at tenta d'amour;
Et que sa qualità, ny son or plen de charmo,
N'at poi sare trembla la forci dont je m'armo.

ACTE TROISIEME,
SCENE DERNIERE.
PIERROT, LA DAME.

PIERROT.

Madama, je ne sçay ce que vo m'aues fat,
Ie voz amo ben tan, que l'amour me deysfat :
Vo m'auez si bien prey, que si je ne vo sarro,
Pot-eStre je mourray eytit en quoque carro.

LA DAME.

Temeraire, impudent, sot, fou, presomptueux,
Osez-tu sans rougir me descouurir tes feux ?

PIERROT.

Perque non pa, Madama, y at to quoque offenſa ?
Si contra voſtrouz eu je n'ay point de deffenſa.
Voſtro biauta contrainẛ mon cour à voz ama.
Mon hardieſſa donq ne det eſtre blaſma.

LA DAME.

Si Philin me tenoit cét amoureux langage,
Ie tiendrois pour certain que ce ſeroit vn gage
De ſon affection. Mais cét autre ne peut
Auoir ce qu'il demande, & que Philin ne veut.
En ceſte occaſion ma raiſon ne s'oublie.
Eſcoute mon amy, j'excuſe ta folie :
Quoy que je ſçache bien que ta temerité,
Ne doit eſtre ſoufferte auec impunité.
Cependant aduerty de retenir ta langue,
Sçache que je n'ay pris plaiſir à ton harangue :
Et que vn' autrefois tu dois mieux compaſſer
Tes diſcours, C'eſt à quoy il te faut donc penſer.

PIERROT.

Y at tanto vn an, Madama, que j'y penſo.
Prenes doncqua plaiſi, qu'en vo je recompenſo
Mon amour, qui n'at point de parey à la Cour :
Et ne refuſa pa l'offranda de mon cour.

LA DAME.

L'offre de ton ſeruice eſt inconſiderable,
Car ta condition te rend trop miſerable.
Retranche donc tes vœux, & ta temerité,
Pour euiter les maux que tu as merité.

PIERROT.

Madama, voſtron corp ét de ſi bella preiſa,
Que gnat point de tormen qu'empaſchey l'entrepreiſa
Que j'ay fat d'eſtre à vo : ſerue vo donq de mi,

Pluſto

Plusto que du Seignou qui n'amont qu'à demi :
Chuzisse me su tou, puisqu'vn chapel de pailli
Vaut vna coiffi d'or, comme dit l'antiquailli.

LA DAME.

Eslire vn païsan entre tant de Seigneurs,
Ce seroit preferer les espines aux fleurs.

PIERROT.

Chusi vn païsan entre tant de volageo,
Sariet prendre la chair, & leissié lo plumageo.

LA DAME.

L'on dit communement que tous les Courtisans
Bien couuerts sont des Dieux entre les païsans.

PIERROT.

L'habit fat pa lo Moino, è n'èt que son officio :
Lo naturel vaut mey cent sey que l'artificio.

LA DAME.

Recognois ton deuoir, & ne te flattes point,
Car tu n'en dois parler que le chapeau au poing.

PIERROT.

Perque lou respecta comme l'orgueil desire :
Mon chapel ne det ren qu'v Rey nostron bon Sire.

LA DAME.

Rustre, presumes-tu de pouuoir esgaler
Ceux qui sont plus que toy : apprens à mieux parler.

PIERROT.

Que sont ti mei que mi ? sen parla de lour tare.
Som no pa tou sorti de terra nostra mare ?

LA DAME.

Oüy, mais ne sçais tu pas que Dieu formant cè Tout,
N'a rien fait de semblable, & que depuis vn bout
Du monde jusqu'à l'autre, on ne peut recognoistre
Qu'vne diuersité estrange en ce bas estre.
Les Palaix sont aux grands, & le chome pour vous,
Et l'inégalité se fait paroistre en tous.

L.

PIERROT.

Comman y trouua vo ſi granda differanci?
N'ay-je pa per lo moin tant qu'ellou d'apparanci?
Vo veyé que ne ſeu ni borlio, ni boſſu,
Gambio, ni contraſat, camu, ni veillaſſu.

LA DAME.

Mais le cal de tes mains eſt fort conſiderable,
Et ton habit de laine encor plus agreable :
La ſoye des Seigneurs a beaucoup moins de prix,
Quoy que de ſa beauté vn chacun ſoit épris.

PIERROT.

Si lou Noblo ne ſont que de cella maneiri,
Tou lou cayon qui ſont veitu de ſeya neiri
Sont noblo de tou tem : ſi la ſeya anoblit,
La Nobleſſa per tout eujourdeu s'eitablit :
Lo taſatat ét plu commun que lo futeino,
Car tout lo mondô en porte en pa de Capiteino :
Marchande, Procurouſe, & tout lo tier eſtat
Vollont eſtr' adora deſſout lo taſatat :
A la Villa gnat filli enfla deſſout l'eiſſela,
Que ſon habit ne faſſe appella Dameiſella :
Fene de Patiſſié, Cordanié, Couſturié
Ne retrayon plu ren deuer lo Roturié,
Car toute juſqu'v cu portont de gro bendageo,
Afin que lou meina ſe prenont v cordageo :
Et le fille de chambre eſtafeire de Cour
(Qui per s'eicalambra v combat de l'amour,
Se tenont adjuſtey, comme le dameizelle)
Portont la crapaudailli, & le riche dentelle.
La fanferluchari, à defaut du clinquan,
Sert deija de parada à biaucop de croquan.
Ceſta Villa à bon dret ſe fat nomma Grannoblo,

Puisque lou plu belistre en habit y sont noblo.

LA DAME.

Il est vray qu'aujourd'huy, quoy que l'ambition
Nous fournisse tousiours de quelque inuention
Pour augmenter son luxe, elle ne peut encore
Assouuir nos esprits que son venin deuore.
Porte ton des habits à la mode, à l'instant
Madame l'Aduocate en veut porter autant.
Vne Dame n'a pas des glans noirs à la mode,
Que la Bourgeoise en veut, quoy qu'elle s'incommode.
Si quelque Seigneur prend le clinquant interdit,
Le sot quoquin en porte, & en prend tout à credit.
Toutesfois tel orgueil du tiers estat ne blesse
Les honneurs qu'on deffere à toute la Noblesse,
Laquelle tient sous soy le vulgaire abbatu :
Les Nobles sont assés cognus par la vertu.

PIERROT.

Prenés doncque Madama vn po de cogneussanci
De ma vertu que charche onte j'ay prei naissanci.

LA DAME.

Ah ! le plaisant badin, j'estime qu'il pretend
Que mon consentement le doit rendre content.

PIERROT.

Ne sarey pà conten que vostra bonna graci
Ne m'ayet abbergea quoque petita placi.

LA DAME.

Tu ne peux acquerir le bien que je n'ay pas,
Partant mieux conseillé, addresse ailleurs tes pas.

PIERROT.

Voz estes si fournia de ce que je demando,
Que si mon poro cour, que je vo recommando,
Ne recet vn tau bien, j'en mourray de dolou,
Veye vo pa deyja ma mort à ma colou ?

LA DAME.

Ie vois que tu n'as pas la mine d'vn malade.

PIERROT.

Celleu qui ne pot ren gruſi que de ſalade
N'ét pa ſi dangeirou que j'v ſeu deu lo tem,
Que voſtrouz eu m'ont fat intra den lo chau tem.

LA DAME.

Ce danger te fera faire quelque naufrage,
Si d'Icare tu prends le vol & le courage.

PIERROT.

Ie n'ay pou d'eiberchié mon corp ni mon achon,
Maque tant ſolamen je tombeiſo à bochon :
Maque vo vo teni à ma rama , l'orageo
Ne pourrat à mon corp fare faré naufrageo.

LA DAME.

Si ta temerité t'embarque plus auant,
Ton amour rebuté d'vn refus ne pouuant
Contre luy ſe roidir , ſe changera en rage,
Alors tu ne pourras eſchapper le nauffrage.

PIERROT.

En la mer de l'amour è gnat point de dangié,
Ni ragi ni rageot qu'engardey de nagié :
Car inco que j'y ſeu charma de la Sereina,
Ie n'ay pou d'y pouuey rencontra la Baleina.

LA DAME.

Si la Sereine chante en vne telle mer,
Tu ne dois point te mettre au hazard d'abiſmer.

PIERROT.

Hazard ſet que que ſet, è faut que pourſuiueyſo
Ma pointa juſqu'à tant qu'à bon port j'arriueyſo.

LA DAME.

Tu ne peux arriuer qu'au port de l'Acheron,
En payant le tribut que l'on doit à Caron.

PIERROT.

Comme se voille set, maque dedin la barqua
Vo sei auer mi, ne me chau de la parqua.

LA DAME.

Le plaisant discoureur, ah ! le gentil mignon,
Tu veux auecque moy faire le compagnon,
Ceste agreable humeur doit estre recogneuë :
Et puis que son ardeur me paroit toute nuë
Ie la veux estimer : donc ta temerité
En prenant le manteau de la simplicité,
Voudroit que j'appreuuasse vn amour impudique :
Rustre & mal-aduisé, ta folie me picque,
Ie te feray bien tost sentir le chastiment
Que tu dois receuoir de mon ressentiment.

PIERROT.

Confu de son refu du doubto j'ay l'extremo,
Car je ne sçauo pa si je seu plu mi mesmo :
Toutefei ne faut pa sen troubla l'espherie
Mais plusto s'en mor je ja gloeiri s'en rit :
Vaut mieu d'icy en lei suiure l'indifferanci,
Que ue flatta son ma d'vna sotta esperanci :
Quant à mi à ceu point je seu si resolu,
Que ne m'aurat jamey, qui ne m'at pa volu.

ACTE QVATRIEME,
SCENE PREMIERE.

LE CHEVALIER.

EN l'estat où je suis, n'est-ce pas mocquerie,
Que moy qui suis la fleur de la Cheualerie,
Qui ay d'vn seul regard fait choire sur le cu
Cent mille combatans, sois maintenant vaincu ?
Qu'vn bauard qui ne sçait que l'vsage des larmes

Triomphe maintenant du pouuoir de mes armes,
Où eft le temps que Mars ne m'ozoit regarder ?
Que tous les ennemis ne m'ozoit aborder ?
Qu'à coups de coutelar je pourfendois les roches ?
Que de ma chiquenaude on voyoit cacaroches ?
Que je rendois le foudre au mary de Iunon ?
Et que je recoquois les boulets de çanon ?
Ventre-bleu puis je bien croire qu'vn enfant donde
Ma valeur qui rafloit tout le Laurier du monde.
Oüy-dà, qu'il le faut croire, & chanter à genoux,
Que cét enfant peut tout fur les Dieux & fur nous.
C'eft luy qui a foufmis Hercule à la quenoüille,
Et qui à Remilly fift chanter la grenoüille.
C'eft luy qui fift manger les hommes au Cheual,
Lors que Menelas fuft cocu par fon riual.
C'eft luy qui fift rauir ux Romains les Sabines,
E en luy qui fit fouler de Iudith l en......v,
Pour luy donner le chef du Tyran endormy.
En fin c'eft luy qui fift deffroquer le gros Moyne,
Qui parmy les Chreftiens a femé l'antimoyne.
Amour, pardonné moy, fi contre mon deuoir
I'ay ozé murmurer de ton diuin pouuoir :
Ie jure de froment les infignes lunettes,
Qui fur les autres font admirables & nettes.
Que je n'auray jamais depit de ma prifon,
Où tu as doucement enfourné ma raifon;
Puis que celle de qui tu l'as renduë efclaue,
Merite vn comme moy, moult, vaillant, preux & braue :
Princeffe qui marchez fur mon cœur grauement,
Qui traluifez ça bas fuperlatiuement.

Vous vous pouuez vanter que le plus redoutable,
Graue, majeſtueux, terrible, eſpouuantable,
Qui ſur les plus puiſſants a impoſé ſes loix,
Les reçoit maintenant de voſtre douce voix,
Vous pouuez me treuuer obeïſſant ſans ceſſe,
Commandez ſouquement plantureuſe Princeſſe.
Faut-il decaualer quelque grand Empereur,
Pour vous je le mettray plus bas qu'vn laboureur.
Si l'orgueil de quelqu'vn dans le monde vous faſche,
Ie luy deſrageray la barbe & la mouſtache.
Et fronceray le nez en ſi horrible eſtat,
Que les pourpes du cu luy fairont ti-que-tat.

ACTE QVATRIEME,
SCENE SECONDE.

LA DAME.

AQuoy ſeruent tant de richeſſes,
Tant de grandeurs franches d'impos,
Si elles ne donnent repos
Aux ames qui en ſont maiſtreſſes :
Ie treuue en leur poſſeſſion
De ma vie la decadance,
Parce que mon affection
Ne peut gouter leur abondance.
Poſſeder vn Royaume, & n'auoir pas le bien
Que l'on cheriſt le plus, c'eſt n'auoir du tout rien.

Ie treuue ma ruyne totale
Parmy les honneurs ſuperflus :
Ainſi la ſoif parmy le flus
Des eaux faiſoit mourir Tantale.
Amour, cauſe de ma douleur,

Pour rendre ma vie incertaine,
Ne veut que ma grande chaleur
Goute de l'eau de sa Fontaine,
Mais pluftoft de mes maux entretenant fon jeu,
Me fait cruellement mourir à petit feu.

Ce Berger dont l'ingratitude
Recompenfe mon cœur épris
De fuites, defdains & mefpris,
Sçait affez mon inquiétude.
Mais l'inhumain n'a que refus
Pour l'affiftance que j'implore,
Et rend mes efprits fi confus.
Que tout le monde me deplore :
Si bien que la pitié treuue dans fa rigueur
Autant d'aduerfion qu'en mes yeux de langueur,

Cruel, tu traictez mal ta Dame,
Qui te peut forcer au deuoir :
Ne crains-tu point de receuoir
Au corps les tourments de mon ame ?
Non, non, de ta rebellion
N'efpere que quelque fupplice;
Puis que j'ay le cœur d'vn Lyon,
Pour me venger de ta malice :
Si mon amour ne peut te ranger à mes fers,
Ma haine te fera payer mes maux foufferts.

C'eft trop mefprifer la fortune.
Il faut, fi tu ne t'en repens,
T'apprendre à viure à tes defpens
Dans les Galeres de Neptune.
Vn crime par moy fuppofé

Te

Te jettera dedans l'orage,
Si bien, qu'aux tourments expofé,
Tu fçauras ce que peut ma rage.
Il faut que mon courroux te donne mille morts,
Si mon amour ne peut te donner du remorts.

ACTE QVATRIEME,
SCENE TROISIÉME.
LA DAME, PHILIN, MARGOTON.

LA DAME.

MAis ne le vois je pas auecque ma riuale?
O Dieux! c'eſt luy, amour dedans mon fein deuale:
Et me fait refentir ſi bien ſon doux friſſon,
Que je ne puis vouloir du mal à ce garçon.

MARGOTON.

Fuyon, Berglé, fuyon, car veyley Proferpina,
Qui tafche d'exercié fu ton cour fa rapina.

PHILIN.

Rencontro plu fafchou que n'ét v deyturié,
L'vn de fou creancié. Tornon noz en arrié.

LA DAME.

Arreſtez-vous, Bergers, pourquoy d'vne perſonne
Vous voulez-vous cacher, à fin qu'on vous foupçonne?

MARGOTON.

Vo no perdonarl, fi ne voz ayant veu,
V falut qu'on vo det no n'auon pa pourueu.

LA DAME.

Telle excufe n'eſt pas legitime en ta bouche,
Car elle rend fufpeɕt l'intereſts qui te touche.

MARGOTON.

Madama, je n'ay fat choufa per lo paſſa,
Ni farey, fi Dieu plaiſt, que ne fet compaſſa:
Sur tou mouz intereſts, mon honou m'ét fi procho,

M

Que tout ce que je foey ne craint point de reprocho.

LA DAME.

Tu en dois auoir peur, parce que je t'apprens,
Que l'on n'appreuue point les efcarts que tu prens.

MARGOTON.

N'ét que la jaloufi qui trot fe formalize,
Mais maugra fouz eyfort l'amour m'immortalize.

LA DAME.

Vrayment tu nous y prens, comme fi tu pouuois
Donner de jaloufie aux beautés que tu vois.

MARGOTON.

Oh! à Dieu vo coman, faut que je me repeyro,
Car per me querela ne voz en faut plu gueyro:

LA DAME.

Vas-t'en à ton troupeau; cependant ce Berger
Sçaura de quel amour je le veux obliger.

PHILIN.

Difpenfa men (Madama) à fin que je men alo
Lhi tent compagni. Atten-me, je deyualo.

LA DAME.

Laiffé-là , car je veux te parler en fecret.

MARGOTON.

Cacha, de tout cect, je fçaurey lo decret.

PHILIN.

Deypachié, s'il vo plaift, à moin que d'vna verba;
Car mon tropel n'at point d'affeuranci fu l'herba.

LA DAME.

Tes moutons font, fans peur, fur l'herbe mille fauts,
Cependant ta rigueur me liure autant d'affauts.

PHILIN.

Si lo copare Lou de famina s'abade,
En grande petarrade on verrat lour cambade.

LA DAME.

Ainfi fi ta rigueur fans ceffe me pourfuit,
L'amour que j'ay pour toy fe treuuera fans fruict.

PHILIN.

Veyqui perque de pou que quoque Lou lou gare
V Bergié, ne faut pa que d'ellou v s'eygare.

LA DAME.

Prends exemple à cela, que par ta lascheté,
Tu ne perdés le bien qui doit estre achepté.

PHILIN.

Ie louz ay bien paya, jamey dedin ma grangi
Ie n'ay fourra beytton de si granda coutangi.

LA DAME.

Tu coustes beaucoup plus à mes contentements,
Que tu me vends au prix de beaucoup de tormens.

PHILIN.

Ie ne me vendo pa, n'enpren pa la pareilli
De mi, à cellou qu'ont lo bouquet su l'aureilli.

LA DAME.

Si est-ce que tu vends si cher tes doux appas,
Qu'on ne les peut gouter à moins que du trepas.

PHILIN.

Ie ne vendi jamey l'empast que ne vaut gueyro :
Ne me prenes pa donq per vn Appotiqueyro.

LA DAME.

Pourquoy vas-tu biaisant l'interpretation
Du recit languissant de mon affection ?

PHILIN.

Comme lo charretié sellon son attalageo.
I'interpretto sellon la lettra du Villageo.

LA DAME.

Mais tu ne comprends pas où tendent mes discours,
C'est qu'il faut que tu sois l'object de mes amours.

PHILIN.

Vo charchié passa-tem, à fin qu'v voz amuse;
Mais mi faut que je penso à me bestié camuse.

M 2

LA DAME.

Tu veux donc preferer le foin des animaux,
Pour me faire croupir fans ceffe dans mes maux.

P H I L I N.

Loin d'elle m'ét auì que j'ay quoque excumigeo,
Et le veyan migié m'ét auì que je migeo.

LA DAME.

Quite tout pour vn bien qui te rendra heureux,
En receuant les loix de mon cœur amoureux.

P H I L I N.

Que je quitto me feye? ô que Dieu m'engardeize:
Et pluſtô à la mort mon ama fe rendeize.

LA DAME.

Philin, tu fais le fourd trop long temp à ma voix:
Mon haine, ou mon amour dependent de ton choix.

P H I L I N.

M'ét auì que je feu vn forſat à la rama,
Ie voudrın eſtre loin, excufa-me Madama.

M A R G O T O N.

Oufuefcì, oufuefcì, coures Bergié v Lou,
Qui de voſtrou monton emporton lou meıllou.

P H I L I N.

V o me couſta celley. Ah! poro miferablo,
Ie perdo tout mon bien deffout louz ızerablo.

ACTE QVATRIEME,

SCENE QVATRIEME.

LA DAME.

R Vzé tu ne pourras efchapper de mes mains,
Ie te feray liurer aux bourreaux inhumains,
Car tes jours mal filés finiront par la corde,
A telle cruauté point de mifericorde.
Et puis que mon amour n'a eu prinfe fur toy,

Ma haine te fera paffer deffous fa loy.
C'en eft fait, je bannis d'amour les reueries,
Pour confulter ta mort auecque les furies :
Megere fans pitié, Tifiphonne, Alecton,
Implacables efprits fortés du Phlegeton;
Afin d'accompagner en ce fubjet ma rage,
Iufqu'à ce que je fois vengée de l'outrage.

ACTE QVATRIE'ME,
SCENE CINQVIE'ME,
ALIZON, LA DAME.
ALIZON.

Madama, qui at to ? voſtrouz eu en courrou,
Aſſignon à quoq'vn vn enfer rigorou.
L'on diriet à vo vey embrunchié lo viſageo,
Que la tempeſta vin gaſtà lo païſageo.
Qui voz at to faſcha ?

LA DAME.
Ne dois-tu pas ſçauoir
A quel fubjet ce vent menaffe de pleuuoir ?

ALIZON.
Comman ? ceu que vo det tout apres la naïſſanci,
Voz oppoſe touſiour ſa deyſobeïſſanci ?
Madama, ne faut pa que ceu mal-aduiſa
Receue plu du jour ce qu'v l'at refuſa.

LA DAME.
Ie feray que bien toſt vn horrible fupplice
Luy fera deteſter fon infigné malice.

ALIZON.
E' lhi faut impoſà lo crimo d'vn voleur,
Afin que d'vn gibet v l'aye lo malheur.

LA DAME.
L'accufer feulement d'auoir volé mon ame,

M 3

Il en receura plus de gloire que de blafme.

Dire qu'il ma rauy, nous ne ferons pas mieux,

Car l'on dira, que c'eſt vn effect de ſes yeux.

Comme quoy ſerat-il condamné au ſupplice,

Si on treuue qu'il n'eſt que d'amour le complice.

AEIZON.

Diſon qu'vl at volu vuri lo cadenat,

Afin d'entra per forci en voſtron Arcenat.

LA DAME.

Voylà le ſeul moyen par lequel ſa deffajte

Rendra ma paſſion contente & ſatisfaite.

Faiſons luy donc ſçauoir promptement en priſon,

Ce que mes yeux n'ont peû apprendre à ſa raiſon.

ACTE QVATRIEME,

SCENE SIXIEME.

ALIZON, LA DAME, LE CHEVALIER.

ALIZON.

VEyci tout à perpo Monſieu de cacaraua,

Auecque ſon Valet bon mouchillon de caua.

Ie creyo que l'affront ſuppoſa lo farat

Couri ſu ceu Bergié, comme ſu lo farat.

LA DAME.

Protecteur de l'honneur qui prenez ſa deffenſe,

Contre celuy qui veut le noircir d'vn' offenſe,

Ne ſouffrez que le rap qu'vn Berger a voulu,

Commettre ſur mon corps pour le rendre pollu,

Parmy l'impunité ſauue ſon impudence.

LE CHEVALIER.

Qui eſt-ce rauiſſeur, que ſon outrecuidance

Recoiue maintenant ſon juſte chaſtiment?

Nommez-le que ma main l'eſtrangle viſtement.

ALIZON.

Philin qui du Bergié deyflore l'innocenci
Qui à fe paßion donne trop de licenci,
Eft celleu qui per forci at vollu laboura
Din lo champ de Madama : v l'offe traffoura,
Si v n'offe troua en mon fecour fa boina,
Car deyja de fon lard v perfaue la coina.

LE CHEVALIER.

Ah! mort, chair, tefte, ventre, à quoy fert ma valeur,
Si elle n'a desja affoque ee voleur ?
Ie ne veux que jamais voftre faueur m'alleige,
Si je n'abafourdis bien-toft ce facrilege.

LA DAME.

Monfieur, faites pluftoft qu'eftant chargé de fers,
Il fouffre les tourments qu'on endure aux enfers.

LE CHEVALIER.

Madame, laiffez-moy punir fon infolence,
Ie le veux apporter dans le bout de ma lance.

ALIZON.

Mals quoque grand rochié luy feruirat de fort,
Si bien qu'en fa deyfenfa v fe trouarat fort.

LE CHEVALIER.

Ie jure les oignons, & raues de Vizille,
Que les rochers feront foibles pour fon azile.

LA DAME.

J'attends cefte faueur d'vn exploict diligent,
Tandis mes gens feront l'office de fergent.

LE CHEVALIER.

Vous l'aurez mort ou vif, n'attendés que fa prinfe,
Car de ce pas je vay exploicter l'entreprinfe.

ACTE QVATRIEME,
SCENE SEPTIEME.
LE VALET, LE CHEVALIER,

LE VALET.

ZE portaréy, Monſu, per emborli ceu foa,
La boteilli poutreiri, & l'arbareita à foa,
Que pendole à l'eytablo onte ſouuen ze frozo.
Poeyte quand ze verray ceu Darphinen peu rozo,
Satradi, ze farei meiri lo rezinguet.
Z'ay apprei à tiri quand faſſiuo lo guet,
V tem que lou Francei voliéuon noſtre raue :
En ceu tem malheiru que lo tem no duraue :
O bin quand lo grand Rey veniéue à Montmeillan,
Afin que noſtron Douc lo fiſt ſon çatelan.
On brauo Capitino appella maiſtre Zaque
M'a apprei à planta tant ciuau que cazaque.

LE CHEVALIER.
Il faut vn' hallebarde, à fin de pertuſer
Ce brigand qui de rap ne ſe peut excuſer.

LE VALET.
Zin zin de zilibarda auecque ſa lenguela,
I me zalit on zor lou dey en ſentinela.

LE CHEVALIER.
Tu feras doncques mieux, mon courageux Valet,
Si tu prends vn canon au lieu d'vn piſtolet.

LE VALET.
Ze ne volo, Monſu, que ma grouſſa petouza,
Que me fat feri drets car quand contr'ona bouza
Ze leiſſai, ſito que lo foa fuſt ſouflà
Auoi óna pelourſa i la fiſt eiziflà.

LE CHEVALIER.
Allons donc nous armer, pour chapler en ruzole
Celuy qui a faſché celle qui me conſole.

ACTE

ACTE QVATRIEME,
SCENE HVICTIEME,

MARGOTON, PHILIN.

MARGOTON.

NE t'ay-je pa trouua lo deytour que falliet,
Tanto que l'eifronta per forci te volliet?

PHILIN.

Sen ti je ne fçauin de quin boey fare flefchi,
Per deifendre la placi où touz eu ont fat brefchi:
I'ay eita fi tenta, que je ne me pouuin
Deyfare de fou charmo auffi fort que lo vin:
Ma foi moin affeura que l'vzel fu la branchi
At eyta attaqua d'vna ruda lauanchi:
Si bien que fen ta ruza inuenta à l'inftant
Son amour te rendiet ton Philin incónftant.

MARGOTON.

Ta conftanci n'ét pa rochié de piera ponfa,
Comme j'ay remarquà à ta freida refponfa:
Car fou difcour d'amour ne t'ont poi obligié
A luy refpondre vn mot d'vn amoirou legié.
Tout voftron entretin n'eftiet que cocalano
I'ay cogneu que plufto lhioffe mailla vn chane
Que ton voley qui n'et que celleu de mon cour,
Ie feu fi affeura de ton fidell' amour,
Que je ne creyo pa tou celou groin d'eipoufa
Capablo de me rendre en lour endret jaloufa.

PHILIN.

La jalofi ne pot te donna fa dolou,
Veyan que je fa fret à toutt'autra chalou.

MARGOTON.

Iamey per ceu fubjett je n'aurey ma de tefta,

N

Sçachant que te n'a point de flama deyhonnesta :
Non pa quand tu saria viria deuer lo jour
Qui leue de Roman per eiclarà la cour,
Perceque si touz eu y charchauon à viure,
Ton cour ne lou pourriet, ni moin lou voudriet suiure.

PHILIN.

La souci poura flou ét de si bonna ley,
Qui se vire tousiour du coustié du Soley :
Insi mon poro cour jauno de ta lumeyri
Ne suit que ta bianta sa guida coustumeyri.
Toutez autre biautey ne sont que trompari,
Qui semblon à mouz eu balourde de Pari.
Toutez ormi la ten ne sont que fard que plastro.
Qui n'arrapoa lo cour que de quoqu'idolatro.

MARGOTON.

Inco ben que j'ay dict que lour groin aliquà
Ne pot rendre jalou mon esprit embarquà,
Ne crei pa que, selon ta flattari mocquousa,
Su lour grande biautey je deueno orguillousa :
Biautey que ne sont pa de fard comme tu di,
Car la natura fat d'elle son paradi.
Regarda lez vnpo, ne veytu pa la graci,
D'vn jardin plen de flou rire dessu lour faci ?

PHILIN.

Ie veyo qu'elles ont quoqua ren de flori,
Mais lour trop grand jalandro v fat deija mori.
A fauta de senti la flama naturella
On vet flappi le flou de la faci plu bella.
La Luna net to pa pasla de sa freidou?
Tu sça qu'en sa paslou on ne vet ren de dou,
De mesme celle Dame à l'amour insensible,
Freide de lour rigou, comme l'ora que sible,

Engendron tant de glat en lour aageo pluver,
Qu'elle demoron turge infi que fat l'Hiuer.
Lour biauta emprunta reprefente la Luna
Subjeta à l'eclipfo auguro d'infortuna:
Deifat fi ta biauta lour manquaue d'eiclat,
Elle farion la not d'vn eclipfo quiclat.

MARGOTON.

Raillou que fet affez toucha fu cella corda,
A quoque ton plu dóu te parolles accorda.
Imita lo zephir naturel courtifan
Qui eypargne leipina afin d'eftre plaifan.

PHILIN.

Lo Zephir amoirou me monftre en fa careffa
Qu'on ne debt fen baifié courtifié fa maiftreffa.

MARGOTON.

Badin n'enten-tu pa qu'vn petit roffignon
Parle deija de no à tou fon compagnon?

PHILIN.

V plaifi de l'amour fa chanfon charamella,
A fare comme no, appelle fa femella.

MARGOTON.

Mais lo rut ne fe pot quayfié de ta foli:
Vl en parle v caillou que fon aygua à poli.
I'ay grand pou qu'en rian fon folatro ramagee
Aduertiffe mon pare à noftron grand domageo.

PHILIN.

Son ramageo s'enten moin que lo baragoin
Du paï ba Bretton, ne crain donc ceu baboin:
Car ben qu'v mvrmurey, fez onde font difcrette,
V ne pot deifala lez amitié fecrette:
Que fi celley eftiet louz aman gabuillar
N'ofariont frequenta ceu petit babillar,

N 2

Lou Satyre ſçauriont la plu ſecretta placi,
Où le Nymphe, de pou, vont ſauua lour fendaci.
Ne tin donc per ſuſpect ſon gergon amoirou,
Et ne leiſſi per leu d'apperſié ma furou.

MARGOTON.

Ie tremblo comme fat v ven la moindra buchi :
Meinageon noſtron bien de pou de quoque embuchi.
I'ay ſi pou d'eſtre ici attrapa, deiſſubit,
Que je voei ſoupçonnan l'ombra de mon habit :
Sça-tu pa que l'enuey qui jamey ne ſommeille,
Comm'vn chiet ſu lo rat, ſu mez action veille?
Si en ta compagni (agreabla liquou)
I'eſtin trouua, mon corp ſariet briſia de cou.
Veiqui perque vaut mieu, de pou de tall' aubada,
Vn' hora tou lou jour preiſa à la deirobada,
Que ſi s'amuſant trop v plaiſi innocen,
No perdion lo moyen de no reuey enſen.
Adieu juſqu'à deman : je te leiſſo mon ama.

PHILIN.

La miena t'accompagne, adieu, & touſiour m'ama.

ACTE QVATRIEME,
SCENE NEVFIEME.

PIERROT.

Vlue la liberta, mare de tou plaiſi,
A qui l'amour ne pot donna de jalouſi,
Perce qui rend chacun abſolu ſu ſi meſmo
(Teſmoin louz ennemi du Purgatoeiro extremo)
Eyet lei qui nourrit louz eſan de largo,
Et qui tou lou capon rejoüit à gogo :
A plu forta reiſon i fat rire lou richo
Qui comme dou Marchan auaro ne ſont ſicho :

Eyet lei qui ne pot regarda Ridelet,
Perce que de Baccus v fuit lo gobelet:
Eyet lei qui mantin joyousa la deibauchi,
Et qui fat renuersa le fille su la bauchi:
En fin la liberta affranchit de souci
Souz ami, mais l'amour ren lou sieno transi.
I'en parlo comme ceu qui sçat tout ce qu'endure
Vn amoirou à qui le pene sont trop dure.
Car quand amour coyet mon pan à sa fournà,
I'auin moin de plaisi qu'vn forçat enchainà:
I'estin melancolit reuou & soliteyro,
Comm' Actuier qui at quieta son eicriteiro:
I'estin plu mau traicta que n'et vn Capuchin:
En ma fidelita je fasin comm'vn chin
Qui plu vl ét battu plu feiteye son maistre,
Car plu la Margoton (trop fiera de son estre)
Me battiet de rigou, plu de lei folatou
Ie fasin à sou pied l'officio d'vn flattou,
I'amauo mon contreiro, & ce qui m'assamaue,
La fiebura de langou insi me consumaue.
Mais si to que je fu sorti de sa preison,
Ie senti tout à cop veni ma guarison.
Ie fu aussi joyou que ceu qui à la placi
V supplicio reçet de son Prince la graci.
Deipeu verchié Baccus que j'ay prey per guidon
I'ay trouua plu de bien que verchié Cupidon.
Car iqui, sen refu, ma meitressa boteilli
Me fornit lou baisié de sa bouchi vermeilli.
Ie voey v Cabaret per eitanchié ma sei,
(Non pa de la façon que l'Aduocat Francei,
Qui à fauta d'argen, & de pou de talochi

N 3

Fit couri apres leu la fena de la clochi)
Mais per i manteni bonna pey, bon accord,
Et contenta enfin l'hofto comme mon corp.
Ma fey, y fat bon vei rejoüy lou bon drolo
Que Monfieu du Viuié a mei dedin fon roolo :
En cela compagni lou peti compagnon
Chargeon tant que lour faut vna foupa à l'ignon;
Et à la fin lou font charronta à fileina.
Viue donq la deibauchi où l'on ne pert haleina,
Où l'on ne fat la truita yuri de cucumin,
Et d'où l'on fort gaillar fen croifié lou chamin.
Quand à mi, à ceu pri j'amo bien la gogailli,
Bere comm' vn templié fen fare la racailli.
J'amo fare cola mou jour joyoufamen,
Pleft à Dieu que chacun offe mon peffamen :
Tou lou Procez fariont pendola à le croche,
L'affare du païs fariet fen anicroche.
Gnariet point de raquin qui amon mieu mouri
Per efpargnié l'argen que de s'en fecouri.
Lou meina n'iriont pa fare tant de grimace
Deuan le fille, afin d'auei lour bonne grace.
La feine fariet pa eicrachié lo cotton
Si fouuen à Philin v tour de Margoton.
A perpo, de Philin, l'on m'a dit v vilageo,
Qu'on fuppofe qu'v l'at forcia vn pucelageo :
Mais je n'v creyo pa, car ne s'en force point;
Toutes v volon bien quand i font à ceu poinct.
On ne pot d'vn chaftel deifarallié la porta,
Si fa garda ne fat lo femblan d'eftre morta.
Veyqui perque je dio, & diray tout à trat
Qu'vna butta jamei ne refufe matrat.

ACTE QVATRIE'ME,
SCENE DIXIE'ME.

LE CHEVALIER, SON VALET, PIERROT.

LE CHEVALIER.

A Duançons, aduançons : ça, ça, que nos approches
Faſſent fuir les ours qui ſont parmi les roches.

LE VALET.

Bon courazo, hai, colomba d'Aneſſi :
Magra ſet de la beiti, i ne vou min marci.

LE CHEVALIER.

Les geans deuant moy ſont nues en deroute
Coyuées par la bize en la celeſte voute.

PIERROT.

Quin fou veyo-je ? ah, eyct lo fanfaron
Rey de pique ſuiui du Valet de carron.

LE CHEVALIER.

Courage, ma Colombe, entrons en la bataille :
Des cornes & des pieds tous ces bois effartaille.

LE VALET.

Monſu, lo ciualié ne buzié, ne buzié,
Véde vo pa le ciéure à poin de no mizié.

LE CHEVALIER.

Ie me ſoucie autant d'elles que des cocoares :
Elles ne peuuent point arreſter mes tantares.

PIERROT.

Ceſtou fou me font rire inſi que lo balet
De Iean Bodin qui fit vana dou marjolet.

LE VALET.

Bon courazo, Monſu, tenez bin voſtra lanci :
Z'ei decuuer quaquon piqua la vaci blanci.

LE CHEVALIER.

Comme ſi mon courage a beſoin d'eſguillons :
Ne ſçais-tu pas que j'ay defait cent bataillons.

Hola, hei, qui és-tu toy qui cerchez ta tombe,
A faute de refpect aux pieds de ma colombe ?
N'és-tu pas Philin ?

PIERROT.

Non : mais je feu de fon flan :
T'irié voſtron chamin du couſtié de Conflan,
Ou ben Martin baſton, procurou de la tochi,
Farat fuma lo drap, comm'v feu vna mochi.

LE CHEVALIER.

Marau, ofez-tu bien fouſtenir l'infolence ?
Approché, viens à moy : fiche toy dans ma lance.

PIERROT.

Lo premié que farat femblan de me feri,
N'aurat jamey l'honou de reuei Chambeiri.

LE CHEVALIER.

En jouë moufquetaire, arreſté-le s'il bouge,
Car il faut que fon fang rende ma lance rouge.

LE VALET.

Ah ! pouro Darphinen, z'ay grand pida de tey.

PIERROT.

Ah ! que ta bell' enuey que ma man te frettey.

LE VALET.

Demoura, atramen ze farey fare taqua,
Poeite ze botarey ta teſta din ma faqua.

LE CHEVALIER.

Dis fans plus retarder adieu à ton troupeau,
Car je vay femeler mes bottes de ta peau.

PIERROT.

L'vn & l'autro tout ore aurat deſſu l'aureilli.
Eyet trop marchandà. çà, v plu fort la peilli.

LE CHEVALIER.

Tiré luy moufquetaire.

LE VALET.

Ah ! Darphinen pei roui,

Ze ne volo min vey renuerfa ta farrouy :
Z'ay grand pida te tey.

PIERROT.

Raci de bracamafcho,
Tu naures pa leifi de fare vn cop fi lafcho.

LE VALET.

Ze me rindo, la pey. Hay, eyet fat de mey.

PIERROT.

Tu n'as pa de la mort incora lo fommey.
Ah, lou vaillen foudar qui font trembla la terra,
Lyon en tem de pey, & Lievre en tem de guerra :
Talou font lou morgan, grand fendou de rochié,
Qui n'ont jamey quittà l'ombra de lour clochié.

ACTE QVATRIÉME,
SCENE VNZIÉME.
PHILIN, PIERROT.

PHILIN.

Qvin brut ay j'entendu, Pierrot ? ne me lo celas
Met aui que l'on at feru fu la veiffela.

PIERROT.

A ton occafion dou creitin bigarra,
Comme banc à tenebre, ont eyta taboura.

PHILIN.

Comman ?

PIERROT.

A mefmo tem que je me remembràuo
Vn conto fat de ti, ceu fou qui fat lo brauo,
Cheualié de la vachi, & fon Valet arma,
Sont venu, menaçant de te fare prou ma.
Mais per l'amour de ti, piqua de lour fanfare,
le lour ay fat fenti ce que je fçauo fare :
le louz ay fat couri du flan de Sainct Bardot,
Chargea deffu lo do de boey comm' vn bardot.

O

PHILIN.

Ie sçauo lo sujet d'vna tala aduentura :
La Dama que tu sça me brasse l'impostura.
Mais si per cop d'azard, quand tu louz à chargea,
Ie m'y susso troua, j'en sarin alegea,
Car je lour aurin fat si pesenta lour bala
Qu'v n'auriont jamey poi l'emporta su l'eipala.

ACTE QVATRIEME,

SCENE DERNIERE.

Le Chevalier, Pierrot, Le Valet, Philin.

Le Chevalier.

MOrbleu, sera-il dit qu'au regret des humains
Deux meschans auortons eschappent de mes mains ?
Non non; je les auray quand à grands coups d'espée
Toute ceste Forest deuroit estre couppée.

Pierrot.

Lou veici de retour, chut, chut, point de semblan.

Le Valet.

Le pourpe de darri ne me vont zin tremblan,
Car z'ay eu de courazo autant que de parola :
Z'ay monstra que z'ay mey de sang qu'ona zirola.

Pierrot.

Vn chin qui ne vaut ren ne jappe que de loing,
Insi cellou poltron gaillon lei à ceu coin.

Le Chevalier.

Si ma Vache, du bois ne se fust encombrée,
La charongne de l'vn seroit ja demembrée.

Le Valet.

Et si v rezinguer la courda de ciua
Ne susse deigola, ze l'arin veri'aua.

Le Chevalier.

Où sont ils les faquins ? que tost je les deroche :

Que je fasse en leurs corps de ma lance vne broche.

LE VALET.

Lo véde-vo tou du rezolu de zouta.

PIERROT.

Resolu de doubla lo fay que vo porta.

LE CHEVALIER.

Ie les vois dans mes rets. ça, ça, entrons en lice.
Qui traine son licol n'eschappe le suplice.

PHILIN.

Qui per la faussetà s'azarde quoque po
Se pert, comme celleu qui crochetit l'impo,
Qui volliet à sa sena achita la carrochi :
Car per sa faussetà v receuit talochi,
Insi à vostron dan malheur voz aduindrat,
Outra que no sçauon eipousseta lo drap

LE VALET.

Rendi-vo, faite no homblamen le corbette,
Atramen vo sari sapla tant que d'herbette.

PHILIN.

No perdon trop de tem, feron comme lou sourd.

LE VALET.

Tresua, tresua, magna, hay, hay ze seu tout lourd.

PIERROT.

V fuyon, suiuon lou : batton lou comma gréla,
Tant qu'on sçache per tout lour injusta queréla.

LE CHEVALIER.

Ma lance n'est pa bien en arrest, attendés,
Autramen de ma voix vous serez petardés.
Quoy ? vous vous rebelles auortons de nature :
Par la mort vous serez pendus à ma ceinture.
Poufz, poufz. Craignez-vous point ce tonnerre grondan :
Le foudre de ma voix esclatte à vostre dan.

PIERROT.

Tala voey fat de brut insi qu'vn' escouppetta :

O 2

Mais à celley je feu bon chiua de trompetta.

PHILIN.

Lo brut n'eitonne pa ceu qui fçat bien ferl.

LE VALET.

Ah! frare leiffi-me, ze n'amo min mouri.
Z'amo miou vifita l'hofto de la piquetta.
Et de trey plat de gnot fourra bin ma zaquetta.

PHILIN.

V ne s'en iront pa venta chié lour paren,
Non plu qu'vn Procurou quand v fut à Coren,
Troqua d'vn poffedà que l'on eizorcizaue.
Champeyon lou, Pierrot, jufqu'v fort de lour raue.

ACTE CINQVIÉME,
SCENE PREMIERE.

PIERROT.

DEfaftro fen parey, que lo poro Philin
Set tomba den le man d'vn efperit malin,
D'vna ragi d'enfer tizonnà de luxura,
Qui mei que lou fromageo at befoin de prezura.
Hella! poro Philin, je pleigno bien ton fort,
Puis qu'en ta chaftetà tu rencontre ta mort,
Si t'offi i confenti à fou defi immondo,
Ton pechié ne fariet criminel quand v mondo :
Mais perceque tu t'es rendu trop innocen,
A ta perdition tout lo mondo confen.
Impoftura maudita, enfanta de l'ordura,
Que fit perdre à Adan l'eiternella verdura.
Iamey deffout lo cié tala forfantari,
N'expofit l'innocenci à tant de battari :
Iamey coleuuro à qui l'on robe l'efcarboucla
Ne jettit tau venin que l'animal à boucla;

Que lo sexo fendu quand v perd la clartà
D'vn visageo que plaist à sa lubricità.
Quand la sena se vet refuza, la Noblessa,
Ni la rayson ne pot payé tala diablessa:
I n'at per son consei que sa brutalità,
Per resolution que sa fragilità.
Qui lhi fat deyplaisi reçet de l'injustici,
Tout ce que pot forgié l'infernala malici.
Philin per n'auei fat l'impudiquo plaisi
A sa Dama, en preison v eyproue à leisi.
N'ét to pa trot forfat que tala folinella
Suppose en son honnou la forci criminella,
Contra ceu innocen per lhi fare eytouppa,
Lo passageo du viure vn po deuant souppa?
Grand pare Iupiter qui dessout vostra vouta,
Faites tintamarra auec la pleyui routa.
L'artillari de l'air, que ne faites vo chey
L'ennemia de Philin, affin qu'on lo laschey?
Si vo souffres ceu tort vo sari plu injusto
Que ne fut autrefey enuer Ouide, Augusto:
Ie m'eytono comman voz aues sen corrou
Leissia treina l'agnel à tant de Lou berou.
Quand je l'ay veu gripa à tan de man cruelle,
I'ay gouda eyclapa v sergen de ceruelle.
Mais (lassei) cogneussan que je ne lo pouin
Enleua de le man de tant de chaplavin.
Ie me seu retiria auec regret extrémo,
Incoura j'ay prou fat de me sauua mi mesmo,
Du moin j'auray moyen de publié lo tort
Que l'innocen reçet en son injusta mort:
I'en parlarey ben tant que nostron Rey lo Iusto,

Qui vin eyceruella l'ennemi plu robusto
En'ourat quoque ven. Tout lo mondo v sourà
De tala vilani chacun en parlarat,
.Comme du na crochu de la charreiri noua,
(Antechrist de naïssanci, insi qu'on en fat proua.)
A perpo eyet leu qui demande sen dret
Si sa boytousa pot fare louz esan dret.
L'autro jour lou laquey luy firon vna fourba,
Qui de honto luy fat portà la testa courba :
Vna not qu'v dormiet, d'affare tracassià,
Ronchan comm' vn cayon de fangi troyassià,
Su son banc arcadà firont flama de pailli,
(Deque criant v feu la meichenta canailli)
V se mit en fenestra, adon creut que lo pied
De sa maison brulaue. V court à sou papié,
Et à tout son argen, & talamen s'eysraye,
Qu'v sen fut su lo tet sen perpoin & sen braye.
En ceu tem noz estion v plu gro de l'Hyuèr,
Si bien que ne pouuan choma su lo couuert,
V deycendit desour per vey qui lo troblaue,
Aussitò de tou flan lo mondo lo siblaue.
Ie vo leisso à pensa que sit ceu dadolin.
Tandi je voey sçauei ce qu'on dit de Philin.

ACTE CINQVIE´ME,
SCENE SECONDE.
LE CHEVALIER, & SON VALET.
LE CHEVALIER.

A La fin, en despit de cent mille canailles,
Nostr'oyseau de rapine a aux pieds les sonnailles,
Les lévriers picoreurs ne l'auroient arrappé

Si vn coup de ma main ne l'auoit accappé.
C'eſt donc par mon moyen qu'on tient ce ſacrilege,
Qui vouloit machurer la blancheur de la neige.
Qu'eſt-ce que je n'attends d'vn exploict ſi vaillant ?
La Dame qui d'amour rend mon eſprit boüillant,
Ne me peut guerdonner, qu'elle ne me diſpenſe
De patroüillier ſon ſein, & tout ce que je penſe.
Ioüiſſant de ce bien où tend tout mon deſir,
Que puis-je d'auantage eſperer du plaiſir.

LE VALET.

Vo ſari bin heuru ſi de la Dama accourta
Voz intra v curti pe la benatrua pourta.

LE CHEVALIER.

Ie ſeray plus content que Sounier quand il boit
Au verre de Marquian alors qu'il a bien ſoif.

ACTE CINQVIEME,

SCENE TROISIE'ME.

ALIZON, LE CHVALIER, & SON VALET.

ALIZON.

QVe ne ſeu je deſſout la terra vermenouſa,
Puiſque deſſu je ſeu touſiour plu malheyrouſa.
Hella ! j'ay tout perdu : ô funeſto acciden !
Noſtra Meytra at viria v fon de l'Occiden.

LE CHEVALIER.

Alizon vient à moy : mais ſon triſte viſage
Eſt de quelque malheur le ſiniſtre preſage.
Le cœur m'en dit du mal. Et bien qu'as-tu treuué ?
On diroit à te voir que Philin s'eſt ſauué.

ALIZON.

Pleſt à Dieu qu'v fut ſauuo, & n'oſſion fat la perta
Qui per or ni argen ne ſarat recouuerta.

LE CHEVALIER.

Iamais la peur au cœur ne m'entra qu'à prefent.
Defpeche dans trois mots ce difcours defplaifant.

ALIZON.

Madama ne vit plu.

LE CHEVALIER,
　　　　　　Que dis-tu miferable ?
Peut-elle receuoir le coup inexhorable ?

ALIZON.

L'impitoyabla mort , traiſtra à l'humanità,
N'at pa volu auey eygard à fa biautà,
Ni à fa qualità, & moin à fon jueyn-aageo.
Eeill'at donqua paffa, n'ét to pa grand dommageo
De ley, que reffemqlaue vn efan v tetet ?
Hella ! vn chiet marchant deffu lo bord du tet
De fon chaſtel, a fat tombà vna tieuoula,
Que lhi at enfoncia le ceruelle en la goula.
Ó deigraci maudita, & mal à mon profit.
Que ne fųs j'eſtouffa quand ma mare me fit ?

LE CHEVALIER.

O mort injurieufe ! as-tu bien ozé prendre
Ce qui n'eft pas à toy ? je te le feray rendre.
Ie l'aurey, mal-gré toy, jaloufe de mes fers,
Quand je deurois defcendre au deffous des enfers.
Si quelque fous-terrain à ma force refifte,
Il fçaura de mon bras en quoy elle confifte :
Ie fendray les efprits à coups d'eftramaffons :
Ie n'iray point là-bas les charmer de chanfons,
Ainfi qu'Orphée fift pour auoir fa Maiſtreffe :
Mais auec le fri fri du fer fendre la preffe,
Auant que je ne l'aye à Pluton & Minos.
Du marteau de Vulcan je briferay les os.

Ce

Ce fer eſtincelant au milieu des tenebres,
Fera venir ma Dame à mes plaintes funebres :
Mais je n'auray que l'ombre, & l'ombre n'eſt que vent :
Helas ! de quel eſpoir me vay-je deceuant !
Ie ſçay que ſans le corps ſon eſprit inpalpable,
Du plaiſir de l'amour ne peut eſtre capable.
O ſort ! ô mort ! ô tort ! ennemis des accords,
Vous auez donc priué l'ame de ſon beau corps.
Mais puis que j'en patis en mon amour fidelle,
Parbieu je vous feray peter la cruſſandelle.
Le Deſtin voſtre pere (encor qu'il ſoit ſorcier)
Paſſera comme vous au fil de cét acier.
Et puis qu'vn Murenois eſt en ceſte diſgrace,
Complice du deſtin, j'en deferay la race :
Ie ne laiſſeray point d'ennemis aux ſouris,
Quand tous les parchemins qui viennent de Paris
Deuroient eſtre rattez. Il faut que le Cadaſtre
Leur ſoit abandonné, à cauſe du deſaſtre.

                    LE VALET.
Si vo faites muri tou lou ciet comme cen,
La Mura ſe verrat en pertá de cinq cen.

                    LE CHEVALIER.
C'eſt là où j'ay à faire vn terrible carnage,
Afin que dans le ſang de ces mioleurs tout nage.
Sainct Marcelin, Sainct Geoire, & leurs circonuoiſins
Se verront depeuplés de pareils aſſaſſins.
Les paſſe-fins de Viene, amis de la chicane,
Plongeront dans leur ſang, comme dans l'eau la Cane.
Et quand j'auray deffait ces chantres du ſabat,
Au rocher Sainct Eynard où l'Hermite ſe bat.
I'iray pleurer ma Dame. Allons donc mon fidelle,
Nous reſſentir du tort qu'vn chaſſe-rat a d'elle.

                                        P

LE VALET.

Lou ciet de cesta vela ont pro de compagnon,
Mais ze reni lo Douc si en eysape gnon.
Tant que ze trouuarey de Darphinen de Franci,
Ze lou sapotarey de ma tranci ferranci.
Z'entendo que quaquon me lou tene citaça,
Atramen z'amo miou me teni bin càça.

ACTE CINQVIEME,
SCENE QVATRIE'ME.
PHILIN.

Qvand la gresla bat vn Nauiro,
   Lo Patron troubla du dangié
Ne sçat de quin flan se rangié :
De mesmo tourmenta je viro,
De tou lou coustié assailli
Ie ne trouo point de refugeo;
Car mouz eu apoint de sailli
Ne veyon ren que lour delugeo :
L'orageo de ton mau m'agitte talamen,
Que je ne pouo pa en parlà solamen.

  l'enrageo du grand prejudicio
  Qu'on m'a fat de m'auey gripa,
  Comme l'ama d'vn Agrippa,
  Qui ne merite que supplicio.
  Car per ceu moyen Margoton
  Me cret criminel & parjuro :
  Creanci qui en mon croton
  M'ét plu sensibla que l'injuro,
Puisque me fasche moin d'estr' à tort accusa,
Que de ne me pouuey enuer lei excusa.

Me dolou perdrion lour racina,
Si per ma consolation
De la justification
Ie pounin prendre medecina :
Mais d'vn jugimen eyblouï
L'on ne vou pa que je me purgeo,
L'on me condamne sen mouï,
D'où tou mou sen sont en gaburgee.
Vn Iugeo qui at moin d'ama qu'vn bracaman
Me cumeye de ceu que guarit de tou mau.

Ici de l'eiffrey je me sinto
Coiffia du peu d'vn vresson,
Sitò que j'entendo lo son
De le cley de mon Laberinto :
M'ét tousiour aui que croquet
Me vin far' vn salut infame,
Ce que je prendrin en banquet
Si j'auin veu cela que j'amo.
Mais ne lhi pouuan pa u'vri mon estomat,
Ie maudisso sen fin mon malheyrou climat.

A la mal-hora la Natura
M'a forma du limon crassu,
Puisque deu qu'vn ventre bossu
M'abandonnit à l'aduentura,
Mon innocenci d'vn fau brut
Reçet lez injure plu grande,
Comm' vn noyé qui per son frut
ét assalli à coup de frande.
Car insi qu'vn chauan en sa deyformità,
Ie seu becha de tou en ma calamità.

Amour que te fert la victoeiri,
Si appres auey marfondu
Mon cour qui à ti fet rendu,
Tu t'en leiſſe raui la gloeiri.
Ah! tu n'es pas aſſes mani
De forci per mon aſſeuranti,
Car tu ne po pa mieu teni
Que la Sauoey contra la Franci.
Tu és Dieu, mais icy tu po moin que l'Angloey
Qui ſe dit Rey de Franci, & en recet la loey.

Ici te force ſont eſclaue,
Car tou bra douillet & caillot
Enueloppa de lour maillot,
Ceddont à tout ce qui te braue,
Per ceu moyen à tou moment.
La mort me preſente ſa dailli,
Non pa per fini lo tormen,
Dont je ſeu touſiour en batailli:
Mais aſſin que la pou me faſſe mey de mà,
Auant que de mouri per t'auey trop amà.

ACTE CINQVIEME,
SCENE CINQVIEME.
MARGOTON.

PLouroufa plu que n'ét la Vendeymi qu'on troille,
Ie ne regardo plu que louz abrò ſen foille,
Que ce que la triſteſſa at de plu languiſſàn,
Lo Printem me deyplaiſt, car en ſon verd naiſſant
Mon diüil ne pot troua choſa compatiſſantà,
Flora la biguarra n'ét plu diuertiſſantà
A mon eſprit geina, ni tou cellou biau lieu,

Ni lo jour que prodût l'escarbouclo d'vn Dieu :
I'amo mey vey la not auec sa crapaudailli,
Et auec son effrey la rucla porta'dailli,
Assi ben je ne chercho à mon corp malheyrou
Que ce qui a natura est lo plu conireirou.
Iamey jamei v bal (set à brando ou couranta)
Ie n'iray fare vey mou lacet d'amaranta,
A tou lou passetem je monstro lou talon,
Insi que lo Cadastro v grangeageo trop lon.
Adieu donc à jamey vanitey de la danci,
Car je n'ay plu besoin que de la deicadanci,
Et que de ce qu'on sin d'extrém en la dolou,
Affin que mon cour perde aussitò sa chalou.
Que dio-je de mon cour (malheyrou sa creitura)
Si sa chalou ne craint lo deiclin de natura.
Ah! le cindre jamey apres mon dernié jour
Ne pourron eytouffa lo feu de mon amour,
Car eyternellamen me pensée fidelle,
En deipit de la mort verront Philin pres d'elle.
Ie sçauq que Philin de mesmo naturel
Farat d son amour braua lo temporel,
Noz auon mesmo cour, mesma correspondanci,
Car l'vn ne pot sen l'autro enira en deicadanci,
Puisque nostrou desi sont en communion,
Debada l'on trauaille à la dezunion
D'vn coublo que l'amour rendit inseparablo,
D'abord qu'en nostrou eu v se fit adorablo.
Veiqui perque Philin qui m'et recommanda
Ne pot sen mi du mondo estre contremanda :
La terra ne lo pot cachié den sez entraille.
Qu'on ne fasse à tou dou le viesme funeraille :

P 3

Car de la mesma mort qu'on lo farat mouri
Ie forcirey mou jour auſſito a peri,
Afin que tout lo mondo en tala fin tragiqua
Remarque que je ſeu en conſtanci l'vniqua.
Ie ne laſchirey pa per plairre à moù paren,
Comme le belle fille ont fat à Sainćt Loren :
I'endurarin pluſto que l'on m'enſeueliſſe
Touta viua, ou pluſto que l'on me tenailliſſe.

ACTE CINQVIEME,
SCENE SIXIE'ME.
LE ROY, LE COVRTISAN, PIERROT.

LE ROI

L A Nature a ſans doubte enfermé dans ces lieux,
Tout ce qu'ell' a de beau. Ie penſe que les Dieux,
N'eſtans plus irrités à l'encontre des hommes,
Ont formé vn Eden en la terre où nous ſommes,
Dans lequel leur bonté ſes graces fait pleuuoir,
Afin que les humains admirent leur pouuoir.
Les ruiſſeaux vont coulant auec vn doux murmure,
En partageant des prez l'agreable verdure;
Et les chantres de l'air marient leurs accords,
Auec leur gazoullis fretillans ſur leurs bords.
Ie crois certainement que le mignard Zephire
A voulu dans ce lieu eſtablir ſon empire,
Afin d'y faire voir vn eternel Prim-temps,
Et ſi bien quelquesfois on void que les Autans
Tempeſtent furieux dans toute ceſte plage,
Et luy faſſent ſentir les rigueurs de l'orage,
C'eſt parce que les Dieux ont peur que les mortels
Oublians leur deuoir, rénuerſent leurs autels,

Enfin pour conseruer la beauté des campagnes,
Ils ont fait son enclos de ces hautes montagnes,
Qui les enuironans si bien de toutes parts,
Font qu'elles n'ont besoin de point d'autres ramparts.

LE COVRTIZAN.

Les rochers herissés dans la voute estoilée
Seruent de bastions à toute la valée.

LE ROY.

Si l'ennemy peu fin s'y venoit engager,
Ie crois qu'il luy faudroit promptement desloger.

PIERROT.

Tant que cey en vindriet, ou prisonnié de guerra,
Ou mort, v bailliriont vn soufflet à la terra.

LE ROY.

Que dit ce villageois?

LE COVRTIZAN.

Qu'estans dans ce Valons,
Ils leur fairoient monstrer aussi-tost les talons.

LE ROY.

Approché mon amy, que dis-tu de la guerre?

PIERROT.

Que gnat poin de si fort que vostron bra n'atterre.

LE ROY.

Mal-aisement, Berger, vn seul homme pourroit
Faire ce que tu dis, mon bras se lasseroit.

PIERROT.

Vostron bra ne se pot lassié d'aucuna sorta,
Puisque de vostron flan la partia est trop forta.

LE ROY.

Ie t'entends maintenant, tes discours innocens
D'vn peu de vanité veulent flatter mes sens.

PIERROT.

Si vo n'estia celleu qui du jardin de Franci
At cercla l'herba troey v tem de sa souffranci,

Qui at chaſſia l'Angloey, & lo Prince Lorrain,
Et qui chie l'eytrangié det eſtre Souuerain.
Ie dirin autramen, mais ſçachant que voz eſte
Ceu de qui louz exploiɛts ſont autant de conqueſtes,
Ie dio, & je direy, que perſonna ne pot
A vo ſe rebella, ſen fare lo capot,

LE ROY.

Tu me prends pour le Roy,

PIERROT.

Qui det roùgnie lez alé,
Que ſont volla trop haut les Ayglé Imperiale,
Et rangié l'Eſpagnol, ſon orgueil abbattu :
Ie vo cogneuſſo proù.

LE ROY.

Comme me cognois-tu ?

PIERROT.

Sire, je vous ay veu ſi ſouuen en peintura,
Qu'ore l'original m'en donne l'ouuertura :
Voz eſtes ceu que fat fare lou grand chamin,
Et de par qui la Cour commande en parchemin :
Enfin ceu que pot tout en le cauſe ſeconde,
Car auec le vertu en vo richeſſa abonde.

LE ROY.

Tu en dis trop, Berger, a peine vn plus ſçauant
Pourroit entretenir mon eſprit de tel yent.
Mais changeons de propos, que peut on voir de rare
Parmy ces grands deſerts où ma veuë s'eſgare ?

PIERROT.

On vet la grand Chatrouſſa où lou Religiou
Se trouon loin du mondo en tout contagiou,
Lo Couuen enrichi de chouſe curiouſe,
At per veyſin louz Our de le rochez affrouze :

Iqui

Iqui lou pin superbo auec lour bra ramu
Sauuiron du deylugeo autant d'vzeu plumu.
A Saſſonnageo on vet trey tine que le Faye
Firon quand lou tailleur ne faſſion poin de braye,
Elle ſont dın la rochı où ſe vat repeyrié
Toutta la diablari du maudit feyturié.
Lon troue de ceu flan le piere precıouſe
Qui no chaſſon duz eu le borde victouſe:
Vna tour ſen venin on vet à Pariſet
Que crapau, aragna, ni ſerpen quau que ſet
Ne pouon approchié tant ſa vertu ét granda:
Et la contagıon jamey ne fut arranda.
Eyat vna montagni où jamey ne montit
Animal qu'vn mouton qu'n'aygli ley portit,
Qui laıſſıa ne pouuan deycendre ley belaue,
Ceu qu'ı vollıet alla lò querı deygolaue:
Eyat vna fontana ardanta en ſon goıllat,
Qui plu lo mauuey tem la cuure de broüillat,
Que plu plot, greſle, où n'et plu de flamme eyuapore,
Per iqui l'enfer creue & lou dana deyuore,
Sen creire que jamey tall' eygua lou deyſiey.
Sire, de ſept merueille, en veyqui deyja ſiey.

LE ROY.

Auant que de paſſer dans les Alpes chenuës,
Qui cachent leur ſommet dans l'eſpaiſſeur des nuës,
Ie veux les aller voir. Deſcris moy cependant
La ſeptiéme merueille où l'on ſe va perdant.

PIERROT.

Margoton la Bergeyri acheue icy mon nombro,
Car deuan ſa biautà lo Soleÿ deuın ſombro.
Iamey le Courtıſane v tem de lour verdou
Eù lour vıſageo peint n'vront ren de ſi dou,

Q

Eillat je ne ſçay què dedin ſa nonchalanci
Qui oblige le gen à toutta bien voillanci.
A ſa gueyna chacun ſouhaiſte ſon cotel,
Sire, qui ne lat veu n'at ren veu d'immortel.

LE ROY.

La curioſité ne porte point ma veuë
Aux extremes beautés dont la femme eſt pourueuë;
Neantmoins ton recit m'a ſi bien ſatisfait,
Que mon contentement ne ſeroit pas parfait
Si deuant que partir de ce lieu mon enuie
Ne s'en alloit contente. Amené-la, ſuyuie
De ces parens: & ſois cependant aſſeuré
D'eſtre recompenſé d'vn bien ineſpeté.

PIERROT.

Sire, je lh'v voey dire, affin qui ſe prepare
A vo veni troua tout ore auec ſon pare.

LE ROY.

Ce Berger eſt hardy, peu d'autre qualité
D'vn entretien pareil ont la facilité.

LE COVRTISAN.

Voſtre Majeſté ſçait que parmy le boccage
Les oyſeaux chantent mieux que dedans vne cage:
Ainſi plus librement parle à voſtre conſpect.
Ce Berger qui n'eſt pas eſclaue du reſpect.

LE ROY.

En telle liberté je ne vois point de vice.

LE COVRTISAN.

Il ne ſçait comm' il faut viure en voſtre ſeruice.

LE ROY.

Ainſi ſon ignorance excuſe ſon erreur.

LE COVRTISAN.

Mais il ne fait que trop le plaiſant diſcoureur.

LE ROY.

Ses paroles icy reçeuës pour oracles

Me font de la Nature admirer les miracles,
Et vous doiuent mouuoir à l'aimer comme moy.

LE COVRTISAN.

Voftre approbation me fert en tout de Loy,
Fallut-il refpecter les chofes plus abjectes.
Sire, à vos volontés les miennes font fubjectes.

ACTE CINQVIEME,

SCENE SEPTIEME.

DIGVO, MARGOTON, PIERROT, LE ROY, LE COVRTISAN.

DIGVO,

Qve te pot to vollei lo Rey tant luminou,
Si tu n'as laiffia chey lo veiro de l'honou?

MARGOTON.

Que voudriet tes finon que vei la contenanci
De cela qui de lei n'at plu la fouuenanci?

DIGVO.

Au moin reffouuin te du lieu d'où t'és fortià,
Affin que ta vertu ne deuene eimurtià,
Et que fa Majeftà n'y troue point de tachi.
Façonna-te ma filli, & cachi ta mouftachi.

PIERROT.

Eill'ét prou bien: allon, qu'à noftrou pa coitou
Noftron feruicio fet recognu volontou.

LE COVRTISAN.

Sire, je vois paroiftre vne beauté diuine.

LE ROY.

C'eft fans doubte Margot qui vers nous s'achemine.

LE COVRTISAN.

C'eft vn bien que les champs n'ont pas deu receuoir.

LE ROY.

La nature par tout exerce fon pouuoir.

PIERROT.

Sire, veici la bella à deffein de recévre,

R 2

Ce que voſtra juſtici à ſon amour pot dévre.

DIGVO.

A voſtra Màjeſtà, Deeſſa de la Cour,
Tala que Dieu la fat je l'offro de bon cour.
Si ſon honou nercit de quoque maleficio
Voſtra juſtici en faſſe à la mort ſacrificio.
Sçachant ben que ſon corp n'ét pa empuneyſi
De l'ayguà que prouin de l'infàmo pleiſi,
A voſtrou pied je veno approuuà ſa ſageſſa,
Et de tout ce que j'ay voz en farè largeſſa.

LE ROY.

J'accepte volontiers ta bonne volonté,
Qui ſera recognuë vn jour par ma bonté.
J'ay deſiré de voir les beautés de ta fille,
Et en elle l'honneur de ta pauure famille,
Que je vois agreable aux hommes & aux Dieux.
Mais je ne ſçay pourquoy elle abaiſſe les yeux.
Hauſſés vn peu la veuë, à fin qu'en vous j'admire
Ce viſage où l'amour eſtablit ſon empire.

LE COVRTISAN.

Ie ſuis rauy voyant ce chef d'œuure parfait.

LE ROY.

D'vn object ſi charmant mon œil eſt ſatisfait.

DIGVO.

Incoure que ſon groin relut deſſout la telà,
I ne ſe farde pa de ciri de chandela,
Comme la maleitrùa filli d'vn Procurou,
Qui at la chamba torci, & lo na deycorou.

PIERROT.

L'on ne vet que de flou en ſe jaute popine.
Mais aſſi den lo cour elliat tan mey d'eypine.

LE COVRTISAN.

Ses ſouſpirs redoublés auſquels ſon cœur ſe fond,
Teſmoignent la douleur d'vn deſplaiſir profond.

LE ROY.

Belle, defcouurés-moy le vautour qui vous ronge.

DIGVO.

Qu'as-tu troua? respond, je creyo que te songe.

PIERROT.

Eillat lo cour sarra d'vn si coisan regret,
Que sa bouchi n'en pot deiclara lo secret.
Mais per ley j'en direy ce qu'ét à ma notici,
Affin que vo sçachi de son mal l'injustici,
Eilliat vn seruitou en diuersa preison,
En l'vna son esprit at perdu la reison,
Et en l'autra l'on vou (ô eytrangi infortuna)
Exposà son biau corp v rayon de la Luna,
En lo fassan mouri inco qu'injustamen,
Puisqu'v l'ét sen tesmoin accusa fausamen.

LE ROY.

Telle meschanceté fera bien toft punie.
Acheue le recit de cefte calomnie.

PIERROT.

Noz auiou vna Dama, à qui sou fauatié
Apportauon la renta en quarta ou feytié:
Lo preisonnié vn jour lhi apportan la siena,
Trouuit que trop d'accueil en sa meyson anciena,
Et lei que trop de charmo en ceu joeyno garçon.
Car à l'abord touchà de ce gentié façon
Eill' en deuenit foala, & si fort amoirousa,
Que lhiat fat vna fin eytrangi & malheyrousa.
Ie vo direy comman, maque mon discour plat
A voftron bon pleifi ne fet de mauuey flat.

LE ROY.

I'en fuis fort fatisfait: defpeche, continuë,
Fais que la verité me foit bien toft cognuë.
Mais cependant touché des maux qu'il a foufferts,
Qu'on me l'amene icy defchargé de fes fers.

PIERROT.

Cela Dama fut donq dé leu si simplarela
Qu'y l'alaue prian de chousa nâturella;
Mais ceu garçon hontou mey que Galabertié
Lhi refusit la jouta v champ de l'amitié,
Adonqua de collera i prit la faci bleyui,
Et tau ven en furou ne pâßit pa sen pleyui.
Car lo reßentimen d'vn deypit enragea
La portit à troublà toutta noſtra Bourgea,
Poysier per lo moyen d'vn rap qui ſuppoſaue
Contra leu qui (laßet) moin qu'à ren y penſaue.
Su celley l'on lo prit, tiripollit, treynit,
Garrotit, menaſſit, battit, empreiſonnit.
Mais per vn cop du cié là fauſſà accuſatrici
Receuit de la mort lo frut de ſa malici.
Lo jour qu'vn acciden eyclatit à ſon dan.
La tempeſta battit tout lo Grâiſiuodan :
Lez ore deybourdey deyrochiron le grange,
Et lou plu grou noyé (auenturez eyt range)
Ce qui aduertiſſiet lo peuplo de bon ſen,
Que Dieu ne voulliet pa perdre louz innocen,
L'exemplo neantmoin at eyta fruſtratoeyro,
Car la griffonnari de le gen d'eycritoeyro
N'at ceſſa per iquen contra lo deytenu,
Qu'on executariet ſi vo n'eſtia venu.
Sire, per ceu moyen lo deyplaiſi ſenſiblo
De la poura Margot voz ét aſſes viſiblo.

LE ROY.

Ces ſouſpirs redoublés teſmoins de ſes douleurs,
Et ſes yeux languiſſans expriment ſes malheurs,
Qui ſeront conuertis en des pleurs d'allegreſſe :
Car je veux eſtouffer ce tourment qui la preſſe.

LE COVRTISAN.

Moderés donc vn peu (Bergere) vos fanglots,
Puis qu'vn doux Alcion va calmer tous ces flots.

MARGOTON.

Si Philin det mouri, voftra Majeftà hauta
Ordonne (s'il luy plaift) que j'expio fa fauta.

DIGVO.

Simpla, te monftre ben lo pou de fen que t'à,
De tefmoignie que t'a fouftraiɛt ta volontà,
A mi per vn Bergié grandamen miferablo.
Sire, que fon amour ne fet confiderablo.

PIERROT.

Mais ben qu'entre fou bra fon ami fet rendu,
Confiderà que l'vn de l'autro ét attendu,
Outra que lo parti dont ceu veillard s'irrite,
L'honnore ben autant que fa raci merite.

ACTE CINQVIEME,

SCENE HVICTIEME,

PIERROT, LE ROY, VN GARDE, MARGOTON, PHILIN,
DIGVO, LE COVRTISAN.

PIERROT.

Lo veyci qu'on l'amene.

LE ROY.

Et fes accufateurs?

VN GARDE.

A voftre mandement tous fes perfecuteurs,
Ont efté fi troublés qu'ils en ont prins la fuite.

LE ROY.

Tefmoignage euident de l'injufte pourfuite
Qu'on faifoit contre luy.

PHILIN.

Eytrangeo changimen,
Vn bien inespera trouble mon jugimen.

LE ROY.

Prends courage, Berger, tu vois que la fortune
Cessant de t'affliger ne t'est plus importune,
Tu dois te preparer à receuoir son miel,
Car contre tes amours elle n'a plus de fiel.

PHILIN.

Sire, vo m'obligié d'vna tala maneyri,
Que quand cellou qui m'ont fat auey la lumeyri
Retournarion v mondo onti m'ont mey tout nu,
Ie ne lour sarin pa insi qu'à vo tenu.

MARGOTON.

Lo transport me saisit : ah Bergié ma penseya.
Que je colo mia bouchi à la tiena de seya.

PHILIN.

V sourti de l'enfer trop de clarta me lut,
Car eybloüi je chayo v port de mon salut.

MARGOTON.

Moyron v bra d'amour comme lou peti Singeo,
Afin qu'on no cousey, tou dou din mesmo lingeo.

LE ROY.

Prodigieux amour, pour moy je ne crois pas
Qu'on les peut separer à moins que du trespas.

LE COVRTISAN.

Parmi leurs doux baisers l'yn & l'autre rend l'ame.

LE ROY.

Bon homme, c'est à vous à pouruoir à leur flamme.

DIGVO.

A la fin è tou faut laissié tarauelà,
Autramen à çachon vn cop pourriet coulà.

PIERROT.

Courageo mouz ami, prenes la recompensa
Tala que pot donna la celesta dispensa :
Lo Rey & vostron pare authorison l'accord
Qui sen cassa louz, ò vou le meule du corp.

DIGVO.

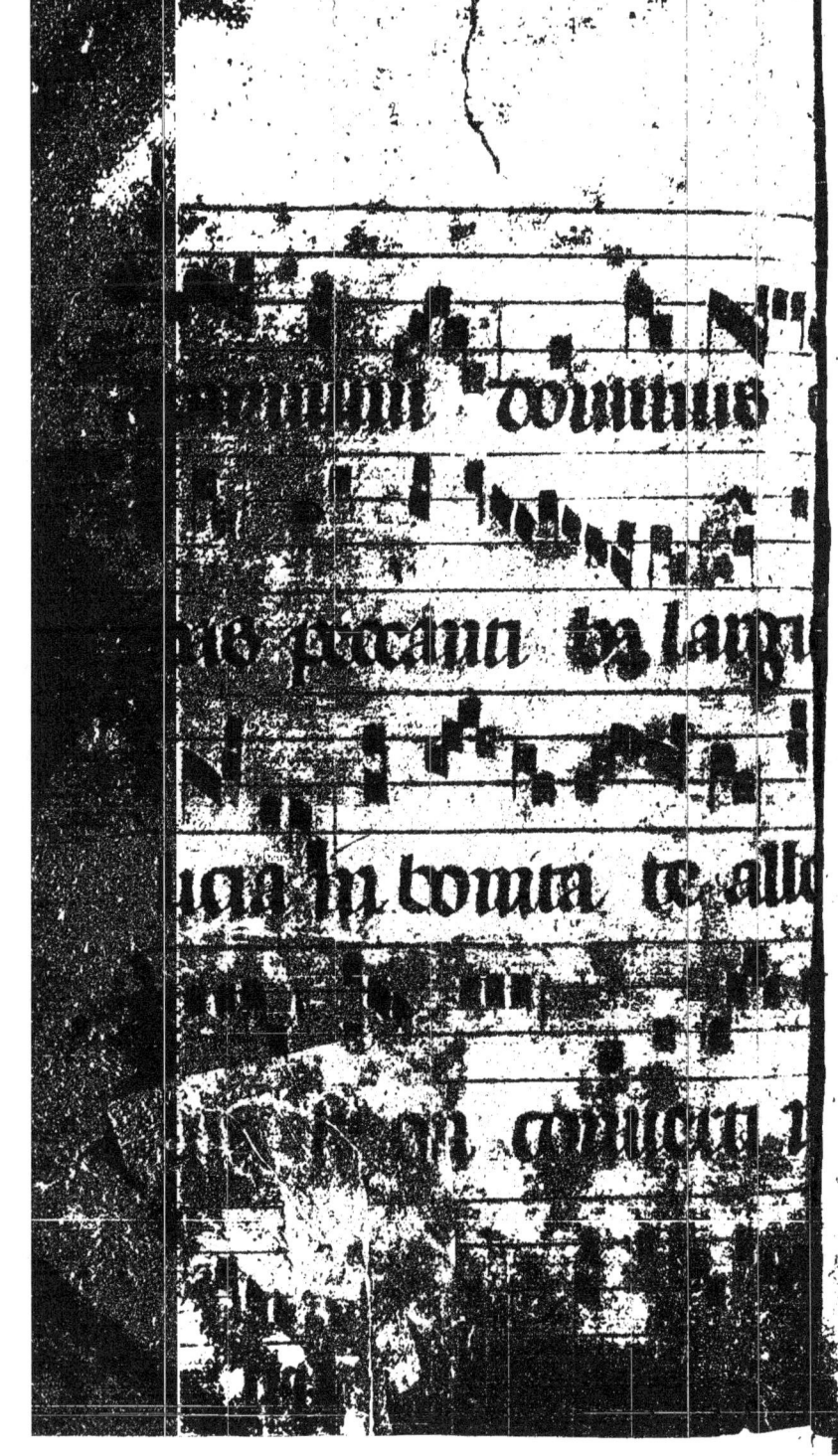

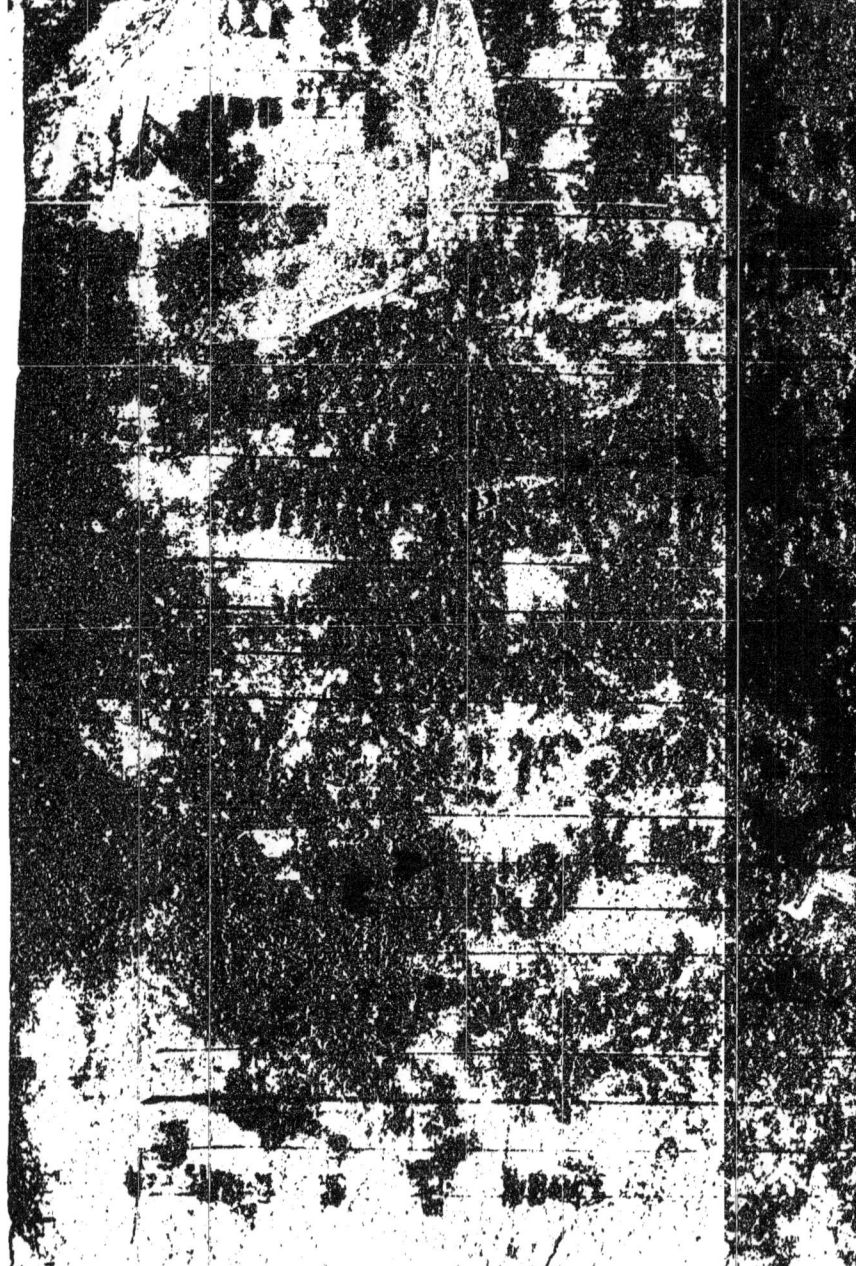

www.ingramcontent.com/pod-product-compliance
Lightning Source LLC
Chambersburg PA
CBHW060812250626
47162CB00005B/1759